CB138349

A VAMPIRA DE SUSSEX

E OUTRAS AVENTURAS

Arthur
Conan Doyle

A VAMPIRA DE SUSSEX

E OUTRAS AVENTURAS

Tradução de Antonio Carlos Vilela

Editora Melhoramentos

Editora Melhoramentos

Doyle, Arthur Conan
A vampira de Sussex e outras aventuras / Arthur Conan Doyle; tradução Antonio Carlos Vilela. 2.ed. São Paulo: Editora Melhoramentos, 2012.
(Sherlock Holmes)

Título original: *The case-book of Sherlock Holmes.*
ISBN 978-85-06-06846-5

1. Literatura juvenil. 2. Ficção policial. I. Vilela, Antonio Carlos.
II. Título. III. Série.

13/087 CDD 869.8

Índices para catalogo sistemático:
1. Literatura juvenil em português 869.8
2. Literatura juvenil 809.8
3. Ficção policial - Literatura inglesa 820

Edição revisada conforme o Acordo Ortográfico da Língua Portuguesa

Título original em inglês: *The Case-Book of Sherlock Holmes*
Tradução: Antonio Carlos Vilela
Ilustrações: NW Studios
Capa (Projeto Gráfico): Rex Design

Direitos de publicação:
© 2001, 2012 Editora Melhoramentos Ltda.

2.ª edição, 13.ª impressão, maio de 2023
ISBN: 978-85-06-06846-5

Atendimento ao consumidor:
Caixa Postal 169 – CEP 01031-970
São Paulo – SP – Brasil
Tel.: (11) 3874-0880
www.editoramelhoramentos.com.br
sac@melhoramentos.com.br

Impresso no Brasil

CÓPIA NÃO AUTORIZADA É CRIME
ABDR
ASSOCIAÇÃO BRASILEIRA DE DIREITOS REPROGRÁFICOS
RESPEITE O DIREITO AUTORAL

ÍNDICE

A Pedra Mazarino

Era agradável, para o Dr. Watson, voltar ao apartamento desarrumado no primeiro andar da rua Baker, ponto de partida de tantas aventuras inesquecíveis. Ele examinou os relatórios científicos afixados na parede, as manchas de ácido na bancada de química, o estojo de violino encostado no canto e o balde de carvão que havia muito tempo guardava cachimbos e fumo. Finalmente, seus olhos pousaram no rosto jovem e sorridente de Billy, o criado esperto e discreto que ajudava um pouco a preencher a solidão e o isolamento do grande detetive.

– Tudo parece igual, Billy. Você continua o mesmo. Imagino que ele também não mudou?

Billy olhou, preocupado, para a porta do quarto.

– Acho que ele está na cama, e dormindo – disse.

Eram sete horas de uma linda noite de verão, mas o Dr. Watson conhecia suficientemente bem os hábitos irregulares de seu amigo para se surpreender com aquilo.

– Quer dizer que ele está em algum caso?

– Sim, senhor. E pegando firme, no momento. Estou preocupado com a saúde dele. Está cada vez mais magro e pálido; não come. "Quando vai jantar, Sr. Holmes?", perguntou a Sra. Hudson. "Sete e meia, depois de amanhã", ele respondeu. O senhor sabe como ele fica quando está firme num caso.

– Eu sei, Billy, eu sei.

– Ele está seguindo alguém. Ontem ele saiu disfarçado de operário procurando emprego. Hoje foi como velha. Na verdade, ele enganou até a mim, que já devia conhecê-lo, a esta altura. – Billy apontou, sorrindo, para uma sombrinha encostada no sofá. – Faz parte do disfarce de velha – disse.

– Mas do que se trata, Billy?

– Acho que não faz mal contar para o senhor – ele sussurrou, como se estivesse contando segredos de Estado –, mas a conversa morre aqui. É o caso do diamante da Coroa.

– O quê? O roubo de cem mil libras?

– Sim, senhor. Eles precisam recuperá-lo. Ora, o Ministro do Interior e o Primeiro-Ministro em pessoa estiveram aqui, sentados naquele sofá. O Sr. Holmes atendeu-os muito bem. Procurou tranquilizá-los e prometeu fazer o possível. Mas aí o lorde Cantlemere...

– Ah!

– Sim, senhor, sabe o que eu quero dizer. Ele é meio metido, se posso dizer isso. Até me dou bem com o Primeiro-Ministro e não tenho nada contra o Ministro do Interior, que parece um homem cortês e bem-educado, mas não suporto o lorde. E o Sr. Holmes também não. Sabe, lorde Cantlemere não acredita no Sr. Holmes e era contra sua contratação. Parece mesmo querer que o Sr. Holmes fracasse.

– E ele sabe disso?

– O Sr. Holmes sempre sabe de tudo que há para se saber.

– Bem, esperamos que ele seja bem-sucedido e que lorde Cantlemere pague a língua. Mas diga, Billy, para que serve aquela cortina na frente da janela?

– O Sr. Holmes pôs algo engraçado ali atrás, há uns três dias.

Billy foi até lá e afastou o tecido que fechava a sacada.

O Dr. Watson não conseguiu segurar uma exclamação de espanto. Lá estava um boneco idêntico ao seu velho amigo, de roupão e tudo, com três quartos do rosto virado para a janela, olhando para baixo, como se estivesse lendo um livro invisível, enquanto o corpo permanecia recostado na poltrona. Billy tirou a cabeça e a ergueu.

– De vez em quando mudamos a posição, para que pareça estar se mexendo. Eu não tocaria nele se a veneziana não estivesse fechada. Mas quando está aberta, dá para ver o boneco do outro lado da rua.

– Já usamos um truque parecido, certa vez.

– Antes do meu tempo – disse Billy, afastando a veneziana e olhando para a rua. – Há uns sujeitos olhando para cá, lá adiante. Estou vendo um deles na janela. Veja o senhor mesmo.

Watson dera um passo à frente quando a porta do quarto se abriu e surgiu o vulto alto e magro de Holmes, com seu rosto pálido e abatido, mas firme como sempre. Com agilidade chegou até a janela e encostou a veneziana novamente.

– Agora chega, Billy – disse. – Arriscou sua vida agora, meu garoto, e ainda preciso de você. Ora, Watson, é bom vê-lo por aqui novamente. Chegou num momento crítico.

– Fiquei sabendo.

– Pode ir, Billy. Esse garoto é um problema, Watson. Até que ponto posso deixá-lo correr perigo?

– Perigo de quê, Holmes?

– De morte. Espero algo assim, esta noite.

– Espera o quê?

– Ser assassinado, Watson.

– Ora, ora! Está brincando, Holmes?

– Até o meu limitado senso de humor conseguiria produzir uma piada melhor que essa. Mas podemos relaxar enquanto isso, ou não? Álcool é permitido? Fumo e charutos estão no lugar de sempre. Deixe-me vê-lo novamente em sua velha poltrona. Espero que você não tenha aprendido a desaprovar meu cachimbo e o fumo! Estão substituindo a comida, ultimamente.

– E por que você não se alimenta?

– Porque a mente funciona melhor quando se passa fome. Ora, meu caro Watson, como médico você precisa admitir que o sangue usado na digestão não vai para o cérebro. E eu sou um cérebro, Watson. O resto é um mero apêndice. Portanto, preciso pensar no cérebro.

– Mas que perigo é esse, Holmes?

– Ah, sim. No caso de ele se materializar, é melhor que você saiba o nome e o endereço do assassino. Depois pode fornecê-los à Scotland Yard, com minha bênção. O nome é Sylvius; conde Negretto Sylvius. Escreva, homem, escreva! Moorside Gardens, 136, N. W. Anotou?

O rosto sincero de Watson remexia-se de ansiedade. Ele conhecia os riscos imensos que Holmes corria e sabia que ele normalmente subestimava esses riscos, e não os exagerava. Watson continuava um homem de ação, e mostrou-se à altura da ocasião.

– Conte comigo, Holmes. Não tenho nada para fazer hoje e amanhã.

– Sua moral não melhora, Watson. Agora acrescentou o hábito de mentir aos seus outros defeitos. Você mostra todos os sinais de ser um médico ocupado, com consultas de hora em hora.

– Nada importante. Não pode prender esse homem?

– Eu poderia, Watson. Isso é o que preocupa o criminoso.

– E por que não o faz?

– Porque não sei onde está o diamante.

– Ah! Billy me contou... o diamante que desapareceu da Coroa!

– Isso mesmo, a grande pedra Mazarino amarela. Joguei a rede e peguei meus peixes, mas ainda não consegui a pedra. De que adianta pegá-los? O mundo se tornará um lugar melhor, mas não é essa minha missão. Eu quero a pedra.

– E esse conde Sylvius é um dos seus peixes?

– Ele é um tubarão. E morde. O outro é Sam Merton, lutador de boxe. Sam não é mau sujeito, mas o conde sabe usá-lo. Sam não é um tubarão. É um peixinho dourado, mas também caiu na minha rede.

– Onde está esse conde Sylvius?

– Estive ao lado dele esta manhã. Você já me viu fantasiado de velha, Watson. Nunca fui tão convincente quanto hoje. Ele até mesmo pegou a sombrinha para mim. "Com sua licença, madame", ele disse. É meio italiano, sabe, e tem aquele cavalheirismo mediterrâneo, às vezes. Mas no resto do tempo é um verdadeiro demônio. A vida é cheia de caprichos, Watson.

– Que podem se tornar tragédias.

– Talvez possam. Eu o segui até a oficina do velho Straubenzee, em Minories. Foi Straubenzee quem fabricou a arma de ar comprimido. Um trabalho muito bom, pelo que sei, e imagino que esteja posicionada na janela em frente, neste momento. Você viu o boneco? É claro, Billy mostrou-o para você. Bem, ele pode levar uma bala na cabeça a qualquer instante. Ah, Billy, o que foi?

O garoto reapareceu na sala trazendo um cartão de visita na salva. Holmes pegou-o e sorriu, erguendo a sobrancelha.

– É o homem, em pessoa. Eu não esperava por isso. É hora de agir, Watson! Está aí um homem determinado. Provavelmente você já ouviu falar da reputação que ele tem como exímio caçador. Seria um final triunfante para a carreira do conde Sylvius poder pendurar minha cabeça em sua parede. Isso é uma prova de que eu o estou incomodando com a investigação.

– Mande chamar a polícia.

– É o que provavelmente farei. Mas ainda não. Quer olhar pela janela, Watson, e verificar se há alguém na rua?

Watson olhou cuidadosamente pelo vão da cortina.

– Tem um sujeito durão junto à porta.

– Deve ser Sam Merton… o fiel, mas um tanto burro, Sam. Onde está o cavalheiro, Billy?

– Na sala de espera.

– Faça-o entrar quando eu tocar a campainha.

– Tudo bem.

– Mesmo se eu não estiver na sala, faça-o entrar.

– Pode deixar.

Watson esperou até que a porta fosse fechada e então voltou-se para o amigo.

– Olhe aqui, Holmes, isso não está cheirando bem. O sujeito está desesperado, não tem nada a perder. Pode ter vindo para assassinar você.

– Isso não me surpreenderia.

– Insisto em ficar ao seu lado.

– Isso atrapalharia.

– Ele?

– Não, meu caro amigo, *me* atrapalharia.

– Bem, simplesmente não posso abandoná-lo.

– Pode sim, Watson. E é o que vai fazer, pois nunca deixou de me ajudar quando eu precisei. Esse homem veio com seu próprio objetivo, mas vai servir ao meu. – Holmes pegou seu caderno de notas e escreveu um recado. – Pegue um cabriolé até a Scotland Yard e entregue isto ao Youghal, do Departamento de Investigações Criminais. Volte com a polícia. Então vamos prender o sujeito.

– Pode deixar comigo.

– Talvez eu tenha tempo, antes de você voltar, de descobrir onde está a pedra – Holmes tocou a campainha. – Vamos para o quarto. Aquela saída é muito útil. Quero ver meu peixe sem que ele me veja. Afinal, tenho meus métodos.

Foi, portanto, numa sala vazia que Billy, logo depois, introduziu o conde Sylvius. O famoso caçador e cidadão do mundo era grande e moreno, com um formidável bigode preto que encobria a boca fina e cruel. Seu nariz, curvo, parecia o bico de uma águia. Vestia-se bem, mas sua gravata brilhante, com o prendedor reluzente, produzia uma impressão de exagero. Quando a porta foi fechada às suas costas, ele olhou ao redor com uma expressão penetrante, de alguém que suspeita de armadilhas em cada esquina. Então o conde Sylvius estremeceu quando viu a cabeça do boneco atrás da cortina. Primeiro, sua expressão foi de puro espanto, mas depois uma terrível luz de esperança brilhou em seus olhos assassinos. Ele deu mais uma olhada em redor, para se certificar de que não havia testemunhas e aproximou-se nas pontas dos pés, empunhando sua grossa bengala. Preparava-se para desferir o golpe quando uma voz fria e irônica cumprimentou-o através da porta entreaberta do quarto:

– Não o quebre, conde! Não o quebre!

O assassino voltou-se para trás, o assombro estampado no rosto. Então ele ergueu novamente a bengala, como se fosse transferir sua violência da cópia para o original, mas havia algo naqueles olhos cinzentos e naquele sorriso irônico que fez sua mão abaixar.

– É um belo objeto – disse Holmes, indo até a estátua. – Foi Tavernier, o escultor francês, quem o modelou. Ele é tão bom com a cera quanto seu amigo Straubenzee é com armas de ar comprimido.

– Armas de ar comprimido! O que quer dizer isso?

– Coloque o chapéu e a bengala sobre a mesinha. Obrigado! Por favor, sente-se. Importa-se em tirar o revólver também? Muito bem, se prefere sentar sobre ele… Sua visita é muito oportuna, pois queria muito conversar alguns minutos com o senhor.

O conde franziu as ameaçadoras sobrancelhas.

– Eu também queria trocar algumas palavrinhas com você, Holmes. É por isso que estou aqui, embora não pretenda negar que estava para agredi-lo.

Sentado sobre a mesa, Holmes balançou a perna.

– Imaginei que tivesse essa intenção – disse. – Mas por que essa atenção toda?

– Porque você está me aborrecendo, e porque colocou seu pessoal atrás de mim.

– Meu pessoal? Posso lhe garantir que não!

– Deixe disso! Eu mandei segui-los. É um jogo que eu também sei jogar, Holmes!

– Sei que é um detalhe, conde Sylvius, mas queira ter a bondade de usar o tratamento correto quando se dirigir a mim. Pode compreender que, com o meu trabalho, não posso estar no mesmo nível dos bandidos.

– Muito bem, *Sr.* Holmes!

– Excelente! Mas posso lhe assegurar que está enganado quanto aos meus supostos agentes.

O conde Sylvius riu com desdém.

– Outras pessoas também podem ser tão observadoras quanto o senhor. Ontem foi um esportista e hoje, uma velhinha. Ficaram de olho em mim o dia todo.

– Ora, meu senhor, tomo isso como um elogio. O velho barão Dowson disse, na noite anterior ao seu enforcamento, que a lei ganhou um ótimo agente comigo, mas o palco perdeu excelente ator. E agora o senhor faz um elogio desses aos meus personagens.

– Era o senhor… o senhor mesmo?

Holmes deu de ombros.

– O senhor pode ver, ali no canto, a sombrinha que tão educadamente carregou para mim em Minories antes de começar a suspeitar.

– Se eu soubesse, o senhor nunca mais…

– Nunca mais teria voltado a este lar humilde. Eu estava ciente disso. Todos temos oportunidades desperdiçadas para lamentar. Mas o senhor não percebeu e cá estou!

O conde franziu ainda mais as sobrancelhas que encimavam aqueles olhos ameaçadores.

– O que diz só torna as coisas piores. Não foram seus agentes, mas o senhor mesmo, disfarçado! Admite que me seguiu! Por quê?

– Ora, conde! O senhor costumava caçar leões na Argélia.

– E daí?

– Por quê? – Perguntou Holmes.

– Por quê? Por esporte, pela emoção, pelo perigo!

– E, sem dúvida, para livrar o país daquela ameaça.

– Exatamente.

– Essas são minhas razões!

O conde se pôs de pé, levando a mão involuntariamente ao bolso da calça.

– Sente-se, meu senhor, sente-se – disse Holmes. – Também tenho uma razão mais prática. Eu quero o diamante amarelo.

O conde Sylvius recostou-se na cadeira, sorrindo malignamente.

– É mesmo? – ele disse.

– O senhor sabia que era por isso que eu o seguia. A verdadeira razão pela qual está aqui esta noite é para descobrir o quanto eu sei e quão necessário é o meu assassinato. Bem, eu diria que do seu ponto de vista é essencial, pois eu sei de tudo, exceto por uma coisa que o senhor está para me contar.

– Ah, realmente! E, por favor, que coisa é essa?

– Onde está o diamante da Coroa?

Os olhos do conde disparavam faíscas quando encarou Sherlock Holmes.

– Ah, quer saber isso, não é? E por que diabos acha que posso lhe dizer?

– Pode, e é o que vai fazer.

– Ora essa!

– Não tente blefar comigo, conde Sylvius – os olhos de Holmes, encarando seu oponente, brilharam ao mesmo tempo em que se contraíam, transformando-se em dois pontos de aço. – O senhor é absolutamente transparente. Consigo enxergar o interior da sua mente.

– Então pode ver onde está o diamante!

Holmes bateu as mãos, divertido, e apontou o dedo para o conde.

– O senhor sabe! Acabou de admitir.

– Não admiti nada.

– Agora, conde, se for razoável, poderemos fazer negócio. Caso contrário, vai se dar mal.

O conde Sylvius olhou para o teto.

– E vem me falar de blefe! – exclamou.

Holmes examinou-o cuidadosamente, como o enxadrista que estuda sua jogada final. Então abriu a gaveta da mesa e pegou seu caderno de notas.

– Sabe o que eu guardo nesta caderneta? – perguntou.

– Não sei não.

– Você!

– Eu?

– Sim, senhor, *você*! Está tudo aqui, todos os detalhes da sua vida abjeta e perigosa.

– Maldito seja, Holmes! – exclamou o conde. – Minha paciência tem limites!

– Está tudo aqui, conde: os fatos reais sobre a morte da velha Sra. Harold, que lhe deixou a propriedade de Blymer, que o senhor rapidamente perdeu no jogo.

– Está sonhando!

– Sei, também, tudo sobre a Srta. Minnie Warrender.

– Ora, não vai conseguir nada com isso!

– Tem muito mais aqui, conde; o roubo do trem para a Riviera, em 13 de fevereiro de 1892. E o cheque falsificado, no mesmo ano, contra o Crédit Lyonnais.

– Não, nessa você errou.

– Então acertei nas outras! Agora, conde, o senhor joga cartas. Quando o adversário está com todos os trunfos, é melhor abandonar a rodada.

– O que isso tem a ver com a joia de que falou?

– Calma, conde. Controle sua ansiedade. Deixe que eu chego lá. Tenho tudo isso contra o senhor, mas, acima de tudo, tenho todas as provas contra o senhor e seu amigo lutador de boxe quanto ao caso do diamante.

– É mesmo?

– Tenho o depoimento do cocheiro que o levou até Whitehall e do outro que o levou embora. E também do mensageiro que viu o senhor perto da vitrine. Tenho Ikey Sanders, que se recusou a cortar o diamante para o senhor. Ikey deu o serviço, o que significa que o jogo acabou.

Uma veia saltou na testa do conde. Suas mãos peludas e morenas crisparam-se de raiva. Ele tentou falar, mas as palavras não se formaram.

– Essas são minhas cartas – disse Holmes. – Estão na mesa. Mas está faltando uma. É o rei de ouros. Eu não sei onde está a joia.

– E nunca irá saber.

– Não? Ora, seja razoável, conde. Considere a situação. O senhor vai ficar preso por vinte anos. Sam Merton também. Que vantagem irá tirar do diamante? Nenhuma. Mas se me entregar a pedra, bem, poderemos fazer um acerto. Não queremos o senhor ou Sam. Queremos a pedra. Entregue-a e, no que depender de mim, pode ir embora tranquilo, desde que se comporte no futuro. Se cometer novo deslize... será o último. Mas desta vez minha missão é recuperar apenas a pedra.

– E se eu me recusar?

– Então... será uma pena! Teremos de pegá-lo no lugar da joia.

Holmes tocou a campainha e Billy apareceu.

– Eu penso, conde, que seria melhor fazer Sam participar da conversa. Afinal, os interesses dele estão envolvidos. Billy, está aí fora um sujeito grande e feio. Peça-lhe para entrar.

– E se ele não quiser? – perguntou Billy.

– Não use de violência, Billy. Não seja muito duro com ele. Diga-lhe que o conde Sylvius o chamou e ele certamente virá.

– O que está aprontando agora? – perguntou o conde depois que Billy saiu.

– Meu amigo Watson estava comigo agora mesmo. Eu lhe disse que ia pegar um tubarão e um peixinho dourado. Agora que estou puxando a rede, os dois peixes vêm juntos.

O conde se levantou, levando a mão ao bolso. Holmes segurou algo que se projetava pelo bolso do roupão.

– Não vai morrer numa cama, Holmes.

– Eu sempre pensei isso. Mas será que faz diferença? De qualquer modo, conde, a sua partida tende a ser perpendicular, e não horizontal[1]. Mas essas previsões do futuro são mórbidas. Por que nós não nos dedicamos à alegria de desfrutar o presente?

Os olhos ameaçadores do criminoso iluminaram-se de ódio. Holmes parecia mais alto à medida que crescia sua tensão.

– Não adianta pensar no revólver, meu amigo – ele disse, calmamente. – O senhor sabe que não teria coragem de usá-lo, mesmo que eu lhe desse tempo para sacar. Coisinhas barulhentas, os revólveres. Muito melhor continuar com as armas de ar comprimido. Ah! Acho que ouço os passos delicados de seu estimado parceiro. Bom dia, Sr. Merton. Está frio na rua, não acha?

O lutador, um jovem forte com rosto pateticamente obstinado, estava parado junto à porta, olhando intrigado para o famoso detetive. A atitude alegre e hospitaleira de Holmes era uma experiência nova para ele, que sentia certa hostilidade naquilo, mas não sabia como enfrentar. Ele se voltou para o companheiro, mais astuto.

– O que está acontecendo, conde? O que esse sujeito quer? Qual é a brincadeira agora? – sua voz era grossa e áspera.

O conde deu de ombros e foi Holmes quem respondeu.

– Resumindo, Sr. Merton, eu diria que a brincadeira acabou.

---

[1] Na época a Inglaterra tinha pena de morte, aplicada por meio da forca.

O boxeador ainda se dirigia ao comparsa.

– Esse camarada está tentando ser engraçado? Eu não estou me divertindo.

– É, eu imagino que não – disse Holmes. – Posso até lhe prometer que irá se sentir menos alegre à medida que o tempo passa. Agora escute bem, conde Sylvius. Sou um homem ocupado e não tenho tempo a perder. Eu vou para o meu quarto. Sintam-se à vontade na minha ausência. Poderá, então, explicar a situação ao seu amigo sem se sentir inibido com a minha presença. Enquanto isso, vou tocar a Barcarola de Hoffmann no violino. Volto em cinco minutos para saber sua resposta. O senhor sabe o que está em jogo, não sabe? Ficamos com vocês ou com a pedra?

Holmes retirou-se, pegando o violino. Momentos depois, melodias na forma de longos lamentos vinham surdamente através da porta fechada do quarto.

– O que está acontecendo, afinal? – perguntou Merton, ansioso, quando o parceiro se voltou para ele. – Ele sabe da pedra?

– Ele sabe demais. Pergunto-me se não sabe de tudo.

– Meu Deus! – o rosto pálido do boxeador ficou ainda mais branco.

– Ikey Sanders deu com a língua nos dentes.

– Ah, deu, é? Vou dar com isso nos dentes dele! – Merton brandiu o punho fechado.

– Isso não vai nos ajudar muito. Precisamos decidir o que fazer.

– Espere um pouco – disse o boxeador, olhando receoso para a porta do quarto. – Ele é um sujeito que gosta de observar, quem disse que não está nos escutando?

– Como ele pode estar escutando com essa música?

– Tem razão. Talvez haja alguém atrás da cortina. Há muitas cortinas nesta sala – olhando em volta, Merton viu pela primeira vez a silhueta de Holmes atrás da cortina, para onde apontou o dedo, assustado.

– É só um boneco! – disse o conde.

– Um boneco, é? Ora essa! Parece ter saído do museu de cera da Madame Tussaud. Mas olhe quantas cortinas, conde.

– Ah, esqueça as cortinas! Estamos perdendo tempo, e não temos muito. Ele pode nos prender por causa da pedra.

– E o pior é que ele pode!

– Mas vai nos deixar escapar se dissermos onde está a joia.

– Quê! Vamos desistir dela? Vamos desistir de cem mil libras?

– É uma coisa ou outra.

Merton passou a mão pelo cabelo curto.

– Ele está sozinho. Vamos acabar com ele. Se apagarmos a luz não teremos nada que temer.

O conde balançou a cabeça.

– Ele está armado e preparado. Se atirarmos nele, como vamos escapar, num lugar destes? Além disso, é provável que ele já tenha entregue as evidências que conseguiu à polícia. Opa! O que foi isso?

Ecoou pela sala um ruído vago, que parecia vir da janela. Os dois olharam em volta, mas estava tudo quieto. A não ser pelo boneco atrás da cortina, não havia mais ninguém na sala.

– Alguém na rua – disse Merton. – Ouça, amigo, o senhor é o homem das ideias. Com certeza vai conseguir nos tirar dessa. Se a força não resolve, o senhor diz o que devemos fazer.

– Já enganei homens mais espertos que ele – disse o conde.

– Estou com a pedra neste bolsinho secreto. Não me arrisco em deixá-la por aí. Posso tirá-la da Inglaterra esta noite e cortá-la em quatro peças até domingo. Ele não sabe de Van Seddar.

– Pensei que Van Seddar só fosse na semana que vem.

– Ele *ia.* Mas agora tem de pegar o próximo navio. Um de nós tem de levar a pedra até a rua Lime e contar a ele.

– Mas o fundo falso ainda não está pronto.

– Bem, ele precisa tentar assim mesmo. Não há tempo a perder.

Novamente ele teve a mesma noção vaga de perigo, provocada pelo instinto de caçador. O conde olhou pela janela. Sim, o ruído devia ter vindo da rua.

– Quanto a Holmes – ele continuou –, poderemos enganá-lo facilmente. O maldito idiota não vai nos prender se puder pegar a pedra. Ora, vamos lhe prometer a pedra e colocá-lo em alguma pista falsa. Antes que descubra, o diamante estará na Holanda e nós, fora do país.

– Gostei dessa parte! – exclamou Sam Merton, sorrindo.

– Você vai e fala para o holandês se apressar. Eu fico para fazer uma confissão falsa para esse otário. Vou lhe dizer que a pedra está em Liverpool. Diabo de música! Está me irritando. Quando Holmes descobrir que a joia não está em Liverpool, nós estaremos do outro lado do mar. Venha para cá, saia da frente do buraco da fechadura. Veja a pedra!

– Não sei como tem coragem de sair por aí carregando isso.

– Onde estaria mais segura? Se nós conseguimos pegá-la em Whitehall, alguém poderia pegá-la no meu apartamento.

– Vamos dar uma olhada.

O conde Sylvius olhou com desprezo para a mão suja que seu cúmplice estendeu.

– Que é, pensou que eu ia arrancá-la da sua mão? Olhe aqui, meu amigo, estou ficando cansado das suas manias – disse Sam Merton.

– Ora, ora, não quis ofender, Sam. Não podemos nos dar ao luxo de brigar. Venha até a janela se quiser ver esta belezinha. Agora, segure contra a luz! Tome!

– Obrigado! – disse Holmes.

Com agilidade, ele saltou da cadeira do boneco e agarrou a pedra preciosa. Segurando-a com uma das mãos, com a outra apontou o revólver para a cabeça do conde. Os dois bandidos recuaram, cambaleando de espanto. Antes que se recobrassem do susto, Holmes apertou a campainha.

– Sem violência, cavalheiros, sem violência. Não me façam sujar os móveis. Aceitem que vocês não têm saída. A polícia está esperando lá embaixo.

A estupefação do conde superava a raiva.

– Mas como diabos...? – ele gaguejou.

– Sua surpresa é muito natural. O senhor não sabe que meu quarto tem uma saída alternativa, que me permitiu alcançar a janela atrás daquela cortina. Acho que vocês ouviram quando retirei o boneco e me sentei em seu lugar, mas a sorte me favoreceu. Tive a oportunidade de ouvir sua saborosa conversa, que teria sido dolorosamente reprimida caso soubessem da minha presença.

O conde fez um gesto de resignação.

– Dou-lhe os parabéns, Holmes. Você é o demônio em pessoa.

– Não estou longe dele, de qualquer modo – respondeu Holmes, com um sorriso educado.

A lentidão de raciocínio de Sam Merton fez com que demorasse a entender a situação. Mas, ao ouvir os passos pesados na escada, quebrou seu silêncio.

– Maldito detetive! – ele disse. – Mas e o maldito violino, que ainda estou ouvindo?

– Ora, ora! – fez Holmes. – Tem razão. Mas deixe tocar! Esses gramofones modernos são uma grande invenção.

A polícia entrou, passou-lhes as algemas e os criminosos foram levados para a carruagem que estava à espera. Watson parabenizou Holmes por mais um sucesso em sua carreira. Mais uma vez, a conversa foi interrompida pelo imperturbável Billy que trazia um cartão na salva.

– Lorde Cantlemere está aqui, senhor.

– Faça-o entrar, Billy. Esse é o grande homem que representa as maiores autoridades – disse Holmes. – Trata-se de excelente pessoa, muito leal, mas um tanto antiquado. Vamos fazê-lo sofrer um pouco?

Podemos nos aventurar a uma brincadeira? Imagino que ele ainda não saiba o que aconteceu.

A porta foi aberta e entrou na sala um homem magro e austero, com rosto anguloso e grandes suíças vitorianas, tão negras e brilhantes que não correspondiam aos ombros curvados e ao andar hesitante. Holmes adiantou-se, afável, e apertou a mão pouco amistosa do outro.

– Como vai, lorde Cantlemere? Está frio para essa época do ano, mas dentro de casa está bem agradável. Posso pegar seu casaco?

– Não, obrigado. Não vou tirá-lo.

Holmes continuou, insistente, com a mão na manga do lorde.

– Por favor, permita-me! Meu amigo, o Dr. Watson, pode lhe dizer como essas mudanças de temperatura podem fazer mal.

Impaciente, o lorde soltou-se de Holmes.

– Estou bem assim, meu senhor. Não tenho motivo para ficar aqui. Simplesmente quero saber do progresso da tarefa para a qual o senhor se autoindicou.

– Está difícil... muito difícil.

– Receei que achasse isso mesmo.

A atitude do homem era de evidente sarcasmo.

– Todo homem tem suas limitações, Sr. Holmes, mas pelo menos isso nos cura da fraqueza do orgulho.

– É verdade. Estou perplexo.

– Sem dúvida – concordou o lorde.

– Especialmente num ponto. Talvez o senhor possa me ajudar.

– O senhor está pedindo isso um pouco tarde. Pensei que tivesse seus próprios métodos e fosse autossuficiente. De qualquer modo, estou disposto a ajudá-lo.

– Veja, lorde Cantlemere, poderemos processar com sucesso os ladrões.

– Quando os pegarmos.

– Exatamente. Mas a questão é: o que faremos com o receptador?

– Isso não é um pouco prematuro?

– É bom que estejamos prontos. Mas diga-me, o que seria uma prova definitiva contra o receptador?

– A posse da pedra – respondeu o lorde.

– O senhor o prenderia por isso?

– Sem dúvida.

Holmes raramente ria, mas daquela vez chegou o mais perto que seu velho amigo Watson se lembrava.

– Nesse caso, meu bom senhor, tenho o doloroso dever de anunciar sua prisão.

Lorde Cantlemere ficou muito bravo. Suas faces inflamaram-se com a fúria dos velhos tempos.

– Está saindo da linha, Sr. Holmes. Em cinquenta anos de vida pública não me lembro de outro caso assim. Sou um homem muito ocupado, com diversos afazeres importantes e não tenho tempo ou gosto para brincadeiras tolas. Devo dizer claramente, meu senhor, que nunca acreditei na sua capacidade e o caso estaria melhor nas mãos da polícia. Sua conduta confirma todas as minhas conclusões. Tenha uma boa noite!

Rapidamente Holmes colocou-se entre o lorde e a porta.

– Um momento, meu senhor – ele disse. – Ir embora com a pedra Mazarino seria um crime ainda mais sério do que a posse temporária dela.

– Isso é intolerável! Deixe-me passar.

– Ponha sua mão no bolso direito do casaco.

– O que quer com isso?

– Vamos, faça o que eu pedi.

Logo depois, o surpreso fidalgo estava parado, piscando e gaguejando, com a grande pedra amarela na palma da mão trêmula.

– Quê! Como? O que é isso, Sr. Holmes?

– Mal, lorde Cantlemere, muito mal! – exclamou Holmes. – Meu velho amigo aqui pode lhe confirmar meu péssimo hábito de pregar peças. Também nunca consigo resistir a um desenlace dramático. Tomei a liberdade, extrema, devo admitir, de colocar o diamante no seu bolso assim que entrou nesta sala.

O velho ficava olhando da pedra para o rosto sorridente que o encarava.

– Meu senhor, estou espantado. Mas, sim, é a pedra Mazarino. Estamos em dívida com o senhor. Seu senso de humor, como admite, é um pouco distorcido e extremamente inoportuno. Mas, de qualquer modo, retiro tudo o que disse a respeito de sua imensa capacidade profissional. Mas como...

– O caso ainda está pela metade. Mas os detalhes podem esperar. Espero, lorde Cantlemere, que o prazer em contar sobre este sucesso às autoridades com que convive seja uma pequena compensação pela peça que lhe preguei. Billy, acompanhe o lorde até a porta e diga à Sra. Hudson que eu ficaria feliz se ela servisse, o quanto antes, jantar para dois.

A Ponte de Thor

Nos cofres do banco Cox & Co., em Charing Cross, há uma caixa de metal, bastante desgastada pelas viagens, com meu nome pintado na tampa: John H. Watson, Médico, Exército Indiano. Ela está atulhada de papéis, em sua grande maioria anotações sobre os casos investigados por Sherlock Holmes. Alguns, nem por isso menos interessantes, resultaram em fracasso completo e não valem a pena serem contados, pois seriam histórias sem final. Um problema sem solução pode até atrair um entusiasta da área, mas seguramente aborrecerá o leitor que busca um passatempo. Entre essas narrativas inacabadas está a de James Phillimore, que, ao voltar para casa simplesmente para pegar um guarda-chuva, nunca mais foi visto. Igualmente fascinante é a do veleiro Alicia, que, numa manhã de primavera, entrou numa neblina de onde nunca mais saiu; não se teve mais sinal dele ou de sua tripulação. Um terceiro caso digno de nota é o de Isadora Persano, conhecida jornalista e duelista, encontrada louca olhando para uma caixa de fósforos à sua frente, dentro da qual havia um verme notável, desconhecido da ciência. Além desses casos sem solução, existem outros que envolvem segredos de famílias cuja revelação provocaria extrema consternação nos mais altos círculos. Não preciso dizer que tal quebra de confidencialidade é inconcebível, e que meu amigo irá separá-los e destruí-los agora que tem tempo para se dedicar a essa tarefa. Assim, ainda resta um número considerável de casos de maior ou menor interesse, que só não publiquei ainda para evitar cansar o público, o que poderia ser prejudicial à reputação do homem que reverencio acima de todos os outros. Alguns desses casos acompanhei pessoalmente, e posso relatá-los como testemunha ocular. Em outros não estive presente, ou então minha participação foi tão pequena que só podem ser contados na terceira pessoa. A narrativa a seguir vem da minha experiência.

Era uma feia manhã de outubro. Enquanto me vestia, observei as últimas folhas de plátano rodopiando no quintal nos fundos do prédio onde morávamos. Fui para a mesa do café da manhã esperando encontrar meu amigo totalmente deprimido, pois, como todos os grandes artistas, o ambiente e o clima afetavam-no facilmente. Contudo, encontrei-o terminando sua refeição, alegre e disposto, com aquele bom humor sinistro que lhe era característico.

– Está num caso, Holmes? – perguntei.

– A faculdade de dedução é certamente contagiosa, Watson – ele respondeu. – Ela permitiu que você desvendasse meu segredo. Sim, estou investigando um caso. Após um mês de trivialidades e estagnação, as engrenagens estão se mexendo.

– Posso saber do que se trata?

– Ainda há pouco o que saber, mas podemos discutir o assunto enquanto consumimos os dois ovos duros que nossa nova cozinheira fez o favor de preparar. Pode ser que o estado desses ovos esteja relacionados à cópia da *Family Herald* que vi ontem sobre a mesa do vestíbulo. Mesmo algo tão comum quanto cozinhar um ovo exige atenção à passagem do tempo, o que é incompatível com a novela romântica que aquela excelente revista está publicando.

Quinze minutos depois, a mesa foi tirada e lá permanecemos para conversar. Holmes pegou uma carta do bolso.

– Já ouviu falar em Neil Gibson, o Rei do Ouro? – perguntou.

– O senador americano?

– Bem, ele foi senador por algum estado do oeste, mas é mais conhecido por ser o maior magnata do ouro em todo o mundo.

– Sim, já ouvi falar. Creio que morou na Inglaterra durante algum tempo. O nome não me é estranho.

– Ele comprou uma grande propriedade em Hampshire, há cerca de cinco anos. Possivelmente você já ouviu sobre o fim trágico de sua esposa?

– Claro. Lembro-me bem. É por isso que o nome me é familiar. Mas, realmente, não sei dos detalhes.

Holmes apontou para alguns jornais sobre a cadeira.

– Eu não fazia ideia que o caso viria para mim, ou já teria separado os recortes – disse. – O fato é que o problema, embora excessivamente sensacionalista, parecia não apresentar dificuldades. A personalidade interessante do acusado não obscureceu a clareza das provas. Foi esse o ponto de vista adotado pelo inquérito policial e também pela promotoria. O caso está agora no Tribunal de Winchester. Creio que se trata de uma tarefa ingrata. Posso descobrir fatos, Watson, mas não alterá-los. A menos que algo novo e inesperado surja, não vejo como dar esperanças ao meu cliente.

– Seu cliente?

– Ah, esqueci que ainda não lhe contei. Estou pegando seu hábito, Watson, de contar uma história de trás para frente. É melhor você ler isto primeiro.

HOTEL CLARIDGE, 3 de outubro.

Caro Sr. Sherlock Holmes,

Não posso ver a melhor mulher que Deus já fez ir para a forca sem fazer todo o possível para salvá-la. Não consigo explicar os fatos – não posso sequer tentar explicá-los, mas sei, acima de qualquer dúvida, que a Srta. Dunbar é inocente. O senhor conhece a história – quem não conhece? As fofocas percorreram o país. E nenhuma voz se ergueu a favor dela! É essa grande injustiça que me deixa maluco. Aquela mulher tem um coração que não a deixaria matar uma mosca. Bem, irei amanhã às onze para ver se o senhor consegue me dar alguma esperança. Talvez eu tenha alguma pista e não saiba. De qualquer forma, tudo o que eu sei, tenho e sou estará à sua disposição se servir para salvá-la. Se jamais o senhor usou plenamente sua capacidade, ponha-a totalmente neste caso.

Sinceramente,

J. Neil Gibson

– Aí está – disse Sherlock Holmes, batendo as cinzas do cachimbo e lentamente recolocando o fumo. – Esse é o cavalheiro que estou esperando. Quanto à história, já que você não teve tempo de ler todos os jornais, vou lhe contar um resumo, para que possa acompanhar bem as investigações. Esse homem é a maior força financeira do mundo, dotado, pelo que compreendi, de personalidade ao mesmo tempo formidável e violenta. Ele se casou com a mulher que foi a vítima da tragédia. Nada sei dela, só que já não era moça, o que se tornou um problema quando contrataram uma governanta jovem e muito atraente para supervisionar a educação das duas crianças. Essas são as três pessoas envolvidas. O cenário é uma grande e antiga mansão, no centro de uma histórica propriedade inglesa. Agora, a tragédia. A esposa foi encontrada na propriedade, a quase oitocentos metros da casa, tarde da noite, com o vestido que usou no jantar, um xale sobre os ombros e uma bala no cérebro. Perto dela não foi encontrada nenhuma arma nem pistas quanto ao assassino. O crime parecia ter sido cometido tarde da noite, e o corpo foi encontrado às onze por um guarda-caça. Pouco depois a polícia e um médico examinaram a vítima, que foi carregada, em seguida, para a casa. Estou condensando muito ou dá para entender?

– Dá para compreender perfeitamente. Mas por que suspeitam da governanta?

– Porque há provas muito claras. Primeiro, acharam um revólver de calibre correspondente ao ferimento com um cartucho deflagrado dentro do guarda-roupa da moça – Holmes repetiu, marcando as palavras – Dentro... do guarda-roupa... da moça.

Então ele ficou em silêncio, e percebi que algum raciocínio estava em curso, e que seria tolice, da minha parte, interrompê-lo. De repente, Holmes estremeceu e voltou de seus pensamentos.

– Isso mesmo, Watson. Foi encontrado lá. Bastante incriminador, não? Foi o que concluíram o inquérito policial e a promotoria. Além disso, a morta tinha em seu poder um bilhete, assinado pela governanta, marcando um encontro para aquele local. Finalmente, o motivo: o senador Gibson é um homem com diversos atrativos. Se a sua mulher morrer, quem ficaria em seu lugar, senão a jovem que, segundo se fala, recebe cada vez mais atenções do seu patrão? Amor, fortuna e poder; tudo dependia de uma vida de meia-idade. A coisa está feia, Watson, muito feia.

– Realmente, Holmes.

– Ela não tem um álibi. Pelo contrário, teve de admitir ter estado próximo à Ponte Thor, o local da tragédia, por volta do horário do crime. Ela não poderia negar, pois um morador local a viu.

– Parece conclusivo!

– Pois é, Watson, pois é! A ponte, feita de pedra com os lados guarnecidos, atravessa a parte mais estreita de um curso d'água longo e profundo, a Lagoa Thor. O corpo da vítima jazia junto ao acesso para a ponte. Esses são os principais fatos. Mas aí está nosso cliente, se não me engano, e bastante adiantado.

Billy abriu a porta, mas anunciou um nome inesperado. Nenhum de nós dois conhecia o Sr. Marlow Bates, que era um homenzinho magro e nervoso, com olhos assustados e uma atitude hesitante. Do meu ponto de vista médico, diria que ele estava à beira de um colapso nervoso.

– Parece nervoso, Sr. Bates – disse Holmes. – Por favor, sente-se. Receio não dispor de muito tempo, pois tenho um compromisso às onze.

– Eu sei que tem – gaguejou nosso visitante, disparando sentenças entrecortadas, parecendo estar sem fôlego. – O Sr. Gibson está a caminho. Ele é meu patrão. Eu sou o administrador de sua propriedade. Sr. Holmes, o homem é um canalha... um canalha infernal!

– Palavras fortes, Sr. Bates.

– Tenho de ser enfático, Sr. Holmes, pois o tempo é curto. Por nada nesse mundo desejo que ele me encontre aqui. E já deve estar chegando. Mas eu não pude vir antes. O secretário dele, Sr. Ferguson, só me contou esta manhã que ele vinha consultá-lo.

– E o senhor é o administrador da propriedade?

– Já lhe dei o aviso-prévio. Em quinze dias estarei livre daquela maldita escravidão! Aquele homem é ruim, Sr. Holmes, ruim para todos os que o rodeiam. As caridades que faz publicamente são apenas para esconder suas perversidades particulares. Mas sua esposa era a principal vítima. Ele foi cruel com ela... sim senhor, cruel! Não sei como ela morreu, mas sei que o Sr. Gibson fazia da vida da esposa um inferno. Ela era natural dos trópicos, brasileira de nascimento. Mas isso o senhor sabia?

– Não, não tinha conhecimento do fato.

– Tropical de nascimento e de natureza. Uma filha do sol e da paixão. Amou-o como mulheres assim sabem amar. Eu soube que ela era linda, mas quando seus encantos físicos murcharam, nada o deteve. Todos gostávamos dela e odiávamos o patrão por tratá-la daquele jeito. Mas ele tem muita lábia. Isso é tudo o que tenho para lhe dizer. Não o julgue pela aparência. Tem muito mais por trás da fachada. Agora preciso ir. Não, não. Não tentem me segurar. Ele deve estar chegando!

Na hora marcada, ouvimos passos decididos na escada, e o famoso milionário entrou na sala. Quando olhei para ele, compreendi não apenas os temores de seu administrador, mas também o ódio que lhe manifestavam seus rivais nos negócios. Se eu fosse um escultor que desejasse representar o ideal de empreendedor bem-sucedido, com nervos de aço e consciência flexível, escolheria o Sr. Neil Gibson como meu modelo. Sua figura alta e esquelética parecia sugerir fome e avidez. Um Abraham Lincoln com intenções baixas em vez de ideais elevados daria uma ideia do homem. Seu rosto parecia talhado em granito, rígido, anguloso e sem sentimentos, com vincos profundos, deixados por muitas crises. Os olhos, cinzentos e gélidos, observavam-nos debaixo das espessas sobrancelhas. Fez uma reverência exagerada quando Holmes me apresentou. Depois, com atitude dominadora, puxou uma cadeira para perto de Holmes, com os joelhos ossudos quase encostados em meu amigo.

– Deixe-me ir direto ao ponto, Sr. Holmes – ele começou. – Dinheiro não significa nada para mim, neste caso. Pode queimá-lo, se a chama iluminar o caminho para a verdade. Essa mulher é inocente e tem de ser colocada em liberdade. Cabe ao senhor fazê-lo. Diga seu preço!

– Meus honorários são tabelados – disse Holmes, com frieza. – Não costumo variar os valores, a não ser quando abro mão deles.

– Bem, se os dólares não lhe fazem diferença, pense na sua reputação. Se resolver esse mistério, todos os jornais da Inglaterra e da América vão falar do senhor. Será assunto em dois continentes.

– Obrigado, Sr. Gibson, mas acho que não preciso de tanta promoção. Talvez fique surpreso ao saber que prefiro trabalhar anônimo e o que me atrai é o problema em si. Mas estamos perdendo tempo. Vamos aos fatos.

– Acho que os principais já estão nos jornais. Não creio que possa acrescentar algo que lhe ajude. Mas, se precisar de algum esclarecimento… aqui estou eu.

– Bem, só tenho uma dúvida.

– E qual é?

– Exatamente qual era o relacionamento entre o senhor e a Srta. Dunbar?

O Rei do Ouro estremeceu e quase se levantou. Então controlou-se.

– Acho que está no seu direito, e talvez no seu dever, de fazer uma pergunta dessas, Sr. Holmes.

– Concordamos nesse ponto – disse Holmes.

– Então posso lhe garantir que nossas relações sempre foram de um patrão com uma jovem com quem nunca me encontrava ou conversava, a não ser na companhia das crianças.

Holmes levantou-se.

– Sou um homem muito ocupado, Sr. Gibson – disse. – Não tenho tempo para perder com essas conversas inúteis. Tenha um bom dia.

Nosso visitante também se ergueu, o corpanzil elevando-se acima de Holmes. Seus olhos faiscaram e as faces tingiram-se de vermelho.

– Que diabo quer dizer com isso, Sr. Holmes? Está dispensando o meu caso?

– Bem, Sr. Gibson, pelo menos estou dispensando o senhor. Pensei ter sido bem claro no que disse.

– Claro o suficiente, mas o que está por trás disso? Aumentar o preço dos seus honorários, está com medo do caso ou o quê? Tenho direito a uma resposta!

– Talvez tenha – disse Holmes. – Vou dar-lhe uma. Esse caso já está suficientemente complicado sem que precisemos de mais dificuldades, como informações falsas.

– Quer dizer que eu menti?

– Bem, eu tentei me expressar o mais delicadamente possível, mas já que insiste nesse termo, não vou contradizê-lo.

Pus-me de pé num pulo, pois o milionário assumiu uma expressão intensamente demoníaca enquanto levantava o enorme punho. Holmes sorriu calmamente e pegou seu cachimbo.

– Não seja espalhafatoso, Sr. Gibson. Aprendi que, logo depois do café da manhã, até a menor discussão é indigesta. Sugiro-lhe uma caminhada, para que o ar matinal e um pouco de sossego possam lhe aconselhar.

Com esforço, o Rei do Ouro dominou sua fúria. Eu não pude deixar de admirá-lo, pois era necessário um supremo autocontrole para passar daquela raiva tempestuosa ao desprezo indiferente que ele começou a demonstrar.

– Bem, a escolha é sua – ele disse. – Acho que o senhor deve saber como tocar seu negócio. Não tenho como fazê-lo aceitar o caso contra sua vontade. Mas saiba que não conseguiu nada de bom esta manhã, Sr. Holmes. Já dobrei homens mais fortes. Ninguém nunca me ofendeu e se safou.

– Tantos já disseram o mesmo e aqui estou eu – disse Holmes, sorrindo. – Tenha um bom dia. O senhor ainda tem muito o que aprender.

Nosso visitante saiu ruidosamente, mas Holmes continuou fumando, imperturbável, com os olhos sonhadores fixos no teto.

– O que acha, Watson? – ele perguntou, afinal.

– Bem, Holmes, devo confessar que quando penso que esse é um homem que varre os obstáculos de seu caminho, e lembrando que sua mulher tornara-se um obstáculo, como aquele tal de Bates nos contou, parece-me que…

– Exato. Tenho a mesma impressão.

– Mas e quanto à relação dele com a governanta? Como você descobriu?

– Blefe, Watson, blefe! Quando considerei o tom apaixonado, pouco convencional e nada comercial de sua carta, e comparando-a com suas maneiras e aparência contida, ficou claro que existe mais emoção com relação à acusada do que com a vítima. Precisamos compreender perfeitamente o relacionamento entre essas três pessoas se queremos chegar à verdade. Você viu o ataque frontal que eu fiz ao Sr. Gibson e como ele o recebeu, imperturbável. Então eu blefei, dando-lhe a impressão de que tinha absoluta certeza, quando na realidade apenas suspeito.

– Será que ele volta?

– É claro que volta. Ele *tem* de voltar. Não pode deixar assim. Ah, a campainha! E esses são seus passos. Bem, Sr. Gibson, eu dizia ao Dr. Watson que o senhor estava demorando.

O Rei do Ouro retornara com uma atitude mais branda do que quando saíra. O orgulho ferido ainda aparecia nos olhos ressentidos, mas seu bom senso lhe mostrara que precisava ceder para conseguir o que queria.

– Pensei bem, Sr. Holmes, e acho que fui precipitado ao me irritar com seus comentários. É claro que o senhor precisa conhecer os fatos, sejam quais forem, e isso me faz admirá-lo. Posso lhe garantir, contudo, que as relações entre mim e a Srta. Dunbar não dizem respeito a este caso.

– Isso eu devo decidir, concorda?

– Certo, imagino que sim. O senhor é como um médico que precisa conhecer todos os sintomas antes de dar o diagnóstico.

– Exato. Bem colocado. E somente um paciente que queira enganar seu médico iria lhe esconder fatos.

– Talvez sim, mas tem de admitir, Sr. Holmes, que a maioria dos homens se retrairia um bocado ao se lhes perguntar sobre suas relações com uma mulher, principalmente se houver algo de sério. Acho que temos uma certa reserva particular, no fundo da alma, onde não desejamos invasores. E o senhor invadiu minha reserva, assim de repente. Mas o motivo o desculpa, já que está tentando salvar a moça. Bem, a defesa foi abaixada e a reserva está aberta para que a explore. O que deseja?

– A verdade.

O Rei do Ouro fez uma pausa, parecendo querer ordenar suas ideias. Seu rosto sombrio e marcado tornou-se ainda mais triste e grave.

– Posso lhe dizer a verdade em poucas palavras, Sr. Holmes – ele disse, afinal. – Existem coisas que são tão dolorosas quanto difíceis de dizer, de modo que não vou me aprofundar mais que o necessário. Conheci minha mulher enquanto procurava ouro no Brasil. Maria Pinto era filha de um funcionário do governo, em Manaus, e era linda. Eu era jovem e apaixonado, mas mesmo hoje, olhando para trás com frieza, posso ver como a beleza de Maria era rara e maravilhosa. Ela tinha, também, uma alma tropical, apaixonada, muito diferente das mulheres americanas que eu conhecia. Para encurtar a história, apaixonei-me e nos casamos. Foi somente quando o romance acabou, depois de durar anos, que percebi não termos nada, absolutamente nada, em comum. Meu amor esmaeceu. Se o mesmo tivesse acontecido com ela, teria sido mais fácil. Mas sabe como são as mulheres! Nada que eu fizesse conseguia afastá-la de mim. Se fui mau para com ela, e até odioso, alguns podem dizer, é porque eu imaginava que se conseguisse matar seu amor, ou transformá-lo em ódio, tudo teria sido mais fácil para nós dois. Mas nada conseguia mudá-la. Ela me amava nos bosques ingleses da mesma forma que me adorava, há vinte anos, às margens do Amazonas. Não importava o que eu fizesse, ela continuava tão apaixonada quanto antes.

"Então apareceu a Srta. Grace Dunbar. Ela respondeu ao nosso anúncio e tornou-se a governanta de nossos dois filhos. Talvez tenha visto seu retrato nos jornais. Todo o mundo declarou que mulher linda ela é. Veja, não quero parecer melhor que os outros; portanto, vou admitir que seria impossível viver sob o mesmo teto que aquela mulher, em contato diário, e não me apaixonar. Pode me culpar, Sr. Holmes?"

– Não o culpo pelos sentimentos. Mas culpo-o por expressá-los, já que a moça estava, em certo sentido, sob sua proteção.

– Talvez sim – disse o milionário, embora, por um instante, aquela repreensão tenha trazido um brilho de raiva a seus olhos. – Não estou querendo parecer melhor do que sou. Acho que, durante toda a minha vida, sempre fui atrás do que eu queria, e nunca desejei algo mais do que o amor e a posse daquela mulher. E contei isso a ela.

– Ah, então contou mesmo?

Holmes era impressionante quando emocionado.

– Disse-lhe que me casaria com ela, se pudesse – continuou o Rei do Ouro –, mas não podia fazê-lo. Disse também que dinheiro não era problema e faria tudo para mantê-la feliz e confortável.

– Muito generoso, sem dúvida – disse Holmes, com escárnio.

– Olhe aqui, Sr. Holmes, vim procurar ajuda técnica, e não moral. Não me interessam suas críticas.

– De qualquer forma, é somente pelo bem da moça que eu aceito seu caso – disse Holmes, com seriedade. – Não sei se aquilo de que ela é acusada é pior do que o senhor mesmo admitiu; tentar arruinar uma garota indefesa que estava sob seu teto. Alguns de vocês, milionários, precisam aprender que não podem subornar todo o mundo para se safar com seus ultrajes.

Para minha surpresa, o Rei do Ouro aceitou calmamente a repreensão.

– Sinto o mesmo, agora. Agradeço a Deus que meus planos não tenham saído como eu pretendia. Ela não aceitou minha proposta e quis abandonar nossa casa imediatamente.

– E por que não o fez?

– Bem, em primeiro lugar, a família dela dependia de seu trabalho, e não lhe seria fácil sacrificar a todos com essa decisão. Quando jurei que jamais a importunaria novamente, ela aceitou continuar. Mas havia outra razão. Ela sabia da influência que tinha sobre mim, maior do que qualquer outra a que estou sujeito, e queria usá-la para o bem.

– Como?

– Bem, ela conhecia um pouco dos meus negócios. Eles são grandes, Sr. Holmes, maiores do que pode imaginar um homem comum. Posso pôr de pé ou destruir, e normalmente destruo. E não apenas indivíduos; também comunidades, cidades e até nações. O jogo dos negócios é cruel, e os fracos são exterminados. Eu joguei com todas as cartas. Nunca reclamei e não me importava se os outros reclamassem. Mas ela via de outra forma. E acho que tinha razão. Ela acreditava que a fortuna de um homem, maior que sua necessidade, não deveria ser construída sobre dez mil homens arruinados, deixados sem ter como sobreviver. Ela conseguia enxergar além dos dólares e ver algo de mais duradouro. A Srta. Dunbar descobriu que eu escutava o que dizia, e ela acreditava, assim, que estava ajudando o mundo ao influenciar minhas ações. Então ela decidiu continuar, e aconteceu tudo isso.

– E o que pode dizer a respeito?

O Rei do Ouro fez uma pausa de mais de um minuto, com a cabeça afundada nas mãos, perdido em pensamentos.

– A situação dela é muito ruim. Não há como negar. Mulheres têm uma vida interna e podem fazer coisas que os homens não compreendem. A princípio fiquei tão chocado que pensei que ela tinha se deixado levar por algo muito extraordinário e totalmente avesso à sua natureza. Uma explicação me ocorreu, Sr. Holmes. Sem dúvida, minha mulher era terrivelmente ciumenta. O ciúme mental pode ser tão delirante quanto o ciúme físico, e embora minha mulher não tivesse motivos para o físico, e acho que ela sabia disso, estava ciente de que a garota inglesa tinha uma influência sobre meus atos que ela mesma jamais tivera. Era uma influência positiva, mas que em nada ajudara. Minha esposa enlouqueceu de ódio, e o calor do Amazonas continuava em seu sangue. Ela pode ter planejado matar a Srta. Dunbar, ou ameaçá-la com uma arma para que nos abandonasse. Então houve uma briga, a arma disparou e o tiro atingiu a mulher que a empunhava.

– Essa possibilidade me ocorreu – disse Holmes. – Na verdade, é a única alternativa óbvia a homicídio premeditado.

– Mas ela nega com veemência.

– Contudo, isso não encerra a possibilidade, certo? Pode-se compreender que uma mulher, colocada em posição tão terrível, corra para casa, atordoada, segurando o revólver. Ela pode até escondê-lo entre as roupas, sem saber exatamente o que está fazendo. Ao ser descoberta, pode tentar mentir através da negação total, já que qualquer explicação seria impossível. O que vai contra tal explicação?

– A própria Srta. Dunbar.

– Talvez.

Holmes consultou o relógio.

– Tenho certeza de que podemos obter as devidas permissões legais ainda de manhã e chegar a Winchester pelo trem da tarde. Serei mais útil nessa investigação depois que falar com a moça, embora não possa prometer que minhas conclusões serão as que o senhor deseja ouvir.

Houve certa demora na obtenção das autorizações oficiais, e em vez de chegarmos a Winchester naquele dia fomos a Thor Place, a propriedade do Sr. Neil Gibson em Hampshire. Ele não nos acompanhou, mas tínhamos o endereço do sargento Coventry, da polícia local, que foi a primeira pessoa a investigar o caso. Era um sujeito alto e magro, cadavérico, com atitude misteriosa, que passava a ideia de que ele sabia ou suspeitava de muito mais do que ousava dizer. Tinha o hábito, também, de repentinamente abaixar a voz para um suspiro, como se fosse dizer algo de importância vital, embora a informação fosse, geralmente, trivial. Por trás dessas atitudes ele logo se mostrou um homem decente e honesto, que não foi orgulhoso demais para admitir que não sabia o que fazer e agradeceria qualquer auxílio.

– De qualquer forma, prefiro sua ajuda à da Scotland Yard, Sr. Holmes – ele disse. – Quando a Yard é chamada para um caso, a polícia local perde todo o crédito se a investigação for um sucesso, e é culpada se for um fracasso. Agora, o senhor joga limpo, pelo que ouvi dizer.

– Eu nem preciso aparecer – disse Holmes, para evidente alívio de nosso melancólico amigo. – Mesmo que eu esclareça o caso, não é necessário mencionar meu nome.

– Ora, isso é muito elegante da sua parte. E eu sei que se pode confiar no seu amigo aqui, o Dr. Watson. Enquanto vamos até o local do crime, Sr. Holmes, gostaria de lhe fazer uma pergunta. Não ousaria dirigi-la a outra pessoa que não o senhor. – Coventry olhou em redor, como se fosse até perigoso pronunciar aquelas palavras. – Não acha que pode haver algo contra o próprio Sr. Neil Gibson?

– Andei pensando nisso.

– O senhor ainda não viu a Srta. Dunbar. É uma ótima pessoa, em todos os aspectos. O Sr. Gibson bem que podia estar querendo a esposa fora do caminho. E esses americanos são mais rápidos com as pistolas do que o nosso povo. Como sabe, a pistola é *dele*.

– Isso está claro?

– Sim, senhor. Ela faz parte de um par que ele possui.

– Um par? E onde está a outra?

– Bem, esse cavalheiro tem muitas armas, de vários tipos. Não conseguimos achar o par daquela pistola, mas a caixa é para duas.

– Mas se era um par, certamente é possível achar a correspondente à arma do crime?

– Bem, a coleção está toda exposta na casa, se o senhor quiser vê-la.

– Depois, talvez. Acho melhor irmos dar uma olhada na cena do crime.

Essa conversa aconteceu na saleta do humilde chalé do sargento Coventry, que servia como delegacia de polícia. Uma caminhada de menos de um quilômetro através da charneca castigada pelo vento, toda dourada pelas samambaias secas, levou-nos ao portão de entrada para a propriedade Thor Place. Uma estradinha passava no meio da reserva de faisões e levava a uma clareira, de onde pudemos ver a casa de madeira, no topo da colina, em estilo meio Tudor, meio Georgiano. Ao nosso lado estava o lago, cujas margens se aproximavam no centro, onde eram ligadas pela ponte de pedra, e se abriam nos dois flancos. Nosso guia parou à entrada da ponte e apontou para o chão.

– Ali jazia o corpo da Sra. Gibson. Marquei com aquela pedra.

– Soube que o senhor chegou antes que ela fosse movida? – perguntou Holmes.

– Exato, mandaram me chamar imediatamente.

– Quem mandou?

– O próprio Sr. Gibson. Desde que foi avisado e correu junto com os outros até aqui, insistiu que nada fosse mexido até a polícia chegar.

– Muito sensato. Eu soube pelos jornais que o tiro foi disparado de perto.

– Sim, senhor, bem de perto.

– Próximo à têmpora direita?

– Logo atrás dela.

– Como o corpo estava?

– De costas. Sem sinais de luta. Nenhuma marca, nenhuma arma. A mão esquerda crispada segurava o bilhete da Srta. Dunbar.

– Crispada, você diz?

– Sim, senhor; quase não conseguimos abrir os dedos.

– Isso é muito importante. Exclui a ideia de que alguém pudesse ter posto o bilhete na mão dela depois da morte para plantar uma pista falsa. Ora essa! O bilhete, pelo que me lembro, era bem curto: "Estarei na Ponte de Thor às nove horas – G. Dunbar". Não era assim?

– Sim, senhor.

– A Srta. Dunbar admitiu tê-lo escrito?

– Sim, senhor.

– E qual foi sua explicação?

– Ela se reservou o direito de falar apenas em juízo. Não disse nada.

– Este é um problema muito interessante. A questão do bilhete é bastante obscura, não?

– Bem, meu senhor – disse o guia –, pareceu-me, se posso ousar dizê-lo, o único ponto realmente claro em todo o caso.

Holmes balançou a cabeça.

– Acreditando que a carta é genuína e foi realmente escrita, certamente foi recebida algum tempo antes, digamos uma hora ou duas. Por que, então, essa senhora ainda a estava segurando em sua mão esquerda? Por que a levava tão cuidadosamente? Ela não precisaria da carta durante o encontro. Não lhe parece estranho?

– Bem, da forma que o senhor coloca, talvez sim.

– Acho que gostaria de ficar em silêncio por alguns minutos e pensar no assunto.

Ele se sentou na borda de pedra da ponte e pude observar seus ágeis olhos cinzentos rapidamente examinando cada centímetro em seu redor. De repente, ele levantou-se de um salto e correu para o parapeito oposto, sacou sua lente de aumento do bolso e começou a examinar a estrutura de pedra.

– Isto é interessante.

– Sim, senhor. Vimos o lascado na borda. Imagino que tenha sido feito por um transeunte.

A pedra era cinza, mas naquele ponto, do tamanho de uma moeda, estava esbranquiçada. Examinando-se de perto, podia-se ver que a superfície fora lascada por algum golpe agudo.

– Foi necessária certa violência para produzir isto – disse Holmes, pensativo. E então golpeou várias vezes o parapeito com sua bengala, sem deixar marcas. – Exato, foi um golpe muito forte. Num local interessante, também. Não foi dado de cima para baixo, mas de baixo para cima; como podem ver, a marca está na porção inferior do parapeito.

– Mas está a quase cinco metros do corpo!

– Isso mesmo, cinco metros do corpo. Pode não ter relação com o caso, mas é algo que vale notar. Acho que não há mais nada para se ver aqui. O senhor disse que não havia pegadas?

– O chão é duro como ferro, senhor. Não havia marcas.

– Então podemos ir. Primeiro vamos até a casa dar uma olhada nas armas de que falou. Depois iremos até Winchester, pois quero ver a Srta. Dunbar antes de prosseguir.

O Sr. Neil Gibson ainda não retornara da cidade, mas vimos na casa o neurótico Sr. Bates, que nos visitara pela manhã. Com ar sinistro, ele nos mostrou a formidável coleção de armas de fogo, de vários tipos e tamanhos, que seu patrão acumulara ao longo de uma vida de aventuras.

– O Sr. Gibson tem seus inimigos, como pode imaginar qualquer pessoa que conheça a ele e aos seus métodos – disse Bates. – Ele dorme com um revólver carregado na gaveta do criado-mudo. É um homem violento e, às vezes, todos temos medo dele. Tenho certeza de que a falecida vivia aterrorizada.

– Você já testemunhou alguma violência física que ela tenha sofrido?

– Não, não posso dizer isso, mas ouvi palavras que quase equivaliam a isso. Palavras de um desprezo frio e cruel, ditas diante dos empregados.

– Nosso milionário não parece grande coisa em sua vida privada – observou Holmes, no percurso até a estação. – Bem, Watson, deparamo-nos com muitos fatos, alguns deles novos, e mesmo assim estou longe de uma conclusão. Apesar de, evidentemente, Bates não gostar de seu patrão, ele me disse que o Sr. Gibson estava, sem dúvida, na biblioteca quando foi dado o alarme sobre a tragédia. O jantar terminara às oito e meia e tudo estava normal até então. O alarme foi dado relativamente tarde, naquela noite, mas o crime deve ter acontecido na hora mencionada no bilhete. Não há evidências de que o Sr. Gibson tenha estado fora de casa desde que voltou da cidade, às cinco horas. Por outro lado, a Srta. Dunbar, pelo que entendi, admite ter marcado um encontro com a Sra. Gibson na ponte. Ela não disse nada mais, pois seu advogado aconselhou-a a somente depor em juízo. Temos diversas perguntas vitais para fazer àquela moça, e meu cérebro não conseguirá descansar até falarmos com ela. Devo confessar que o caso me pareceria totalmente contra ela se não fosse por um detalhe.

– E qual é, Holmes?

– A pistola ter sido encontrada no guarda-roupa dela.

– Ora essa, Holmes! – exclamei. – Isso me pareceu o fato mais incriminador.

– Mas não é, Watson. Esse detalhe causou-me estranheza logo na minha primeira leitura, através dos jornais, e agora que estou em contato com o caso, trata-se da minha maior esperança. Precisamos procurar por consistência. Onde ela falta, pode-se suspeitar de armação.

– Não consigo entendê-lo.

– Veja bem, Watson, suponha, por um momento, que você está no lugar dessa mulher que, de modo frio e premeditado, está para se livrar de uma rival. Você planejou o crime. Escreveu um bilhete. A vítima chega. Você está armado. O crime é cometido. Foi bem executado. Quer me dizer que, depois de efetuar um crime tão habilmente, arruinaria sua carreira de marginal por esquecer de jogar a arma no lago adjacente, cujo leito coberto de vegetação a esconderia para sempre? E em vez disso levaria tal arma cuidadosamente para casa, escondendo-a no guarda-roupa, o primeiro lugar que seria vasculhado? Seus melhores amigos não diriam que você é um bandido, Watson, e mesmo assim não consigo vê-lo fazendo algo tão desajeitado.

– A agitação do momento...

– Não, não, Watson, não admito que isso seja possível. Quando um crime é friamente premeditado, o modo de escondê-lo também o é. Espero, portanto, estarmos diante de um grave engano.

– Mas há tanto o que explicar.

– Bem, as explicações são nosso trabalho. Quando se muda o ponto de vista, o que era incriminatório passa a ser uma pista para a verdade. Por exemplo, o revólver. A Srta. Dunbar diz que nada sabe a respeito. Em nossa nova teoria, ela está dizendo a verdade. Portanto, a arma foi colocada em seu guarda-roupa. Quem a colocou? Alguém que desejava incriminá-la. Não será essa pessoa o verdadeiro assassino? Você pode perceber como chegamos a uma linha de investigação mais proveitosa.

Fomos obrigados a passar a noite em Winchester, pois as formalidades não haviam sido cumpridas, mas na manhã seguinte, acompanhados do Sr. Joyce Cummings, advogado a cargo da defesa, recebemos a permissão para ver a jovem em sua cela. Por tudo que ouvíramos, eu esperava encontrar uma linda mulher, mas nunca me esquecerei do efeito que a Srta. Dunbar produziu em mim. Não é de admirar que o poderoso milionário tenha encontrado nela algo mais forte que ele, algo que conseguia controlá-lo e conduzi-lo. Olhando-se para aquele rosto forte, determinado, mas sensível, imaginar-se-ia que ela pudesse ser capaz de alguma atitude impetuosa, porém com uma nobreza de caráter inata que sempre a influenciaria para o bem. Era morena, alta, de aparência imperativa, mas seus olhos escuros carregavam a expressão desamparada da criatura que percebe a rede se fechando ao seu redor e não consegue enxergar saída. Quando a Srta. Dunbar percebeu contar com o auxílio do meu famoso amigo, a cor voltou às suas faces pálidas e um lume de esperança brilhou no olhar que nos dirigiu.

– Talvez o Sr. Neil Gibson tenha lhes contado o que aconteceu entre nós? – ela perguntou numa voz baixa e agitada.

– Contou – Holmes respondeu. – Não precisa se preocupar em entrar nessa parte da história. Depois de vê-la, estou pronto para aceitar o depoimento do Sr. Gibson quanto à influência que a senhorita teve sobre ele e quanto à inocência de seu relacionamento. Mas por que a situação não foi esclarecida durante o inquérito?

– Pareceu-me inacreditável que tal acusação pudesse ser mantida. Pensei que, se esperássemos, tudo se esclareceria sem precisarmos entrar nos dolorosos detalhes da vida da família. Mas percebo que, longe de se esclarecer, o caso tornou-se ainda mais sério.

– Minha jovem – exclamou Holmes, com sinceridade –, peço-lhe que não tenha ilusões quanto a isso. O Sr. Cummings aqui pode lhe assegurar que todas as cartas estão contra nós, no momento, e precisamos fazer todo o possível se quisermos vencer. Seria um engano cruel fingir que você não está correndo um perigo muito grande. Ajude-me de todas as formas que puder, então, para chegarmos à verdade.

– Não esconderei nada.

– Conte-nos, então, sua verdadeira relação com a esposa do Sr. Gibson.

– Ela me odiava, Sr. Holmes. Odiava-me com todo o fervor de seu sangue tropical. Não era uma mulher de meias medidas, e o amor que sentia pelo marido equiparava-se ao ódio que nutria por mim. É provável que ela tenha interpretado mal nosso relacionamento. Eu nunca a trairia, mas ela o amava tão intensamente, num sentido físico, que não conseguia compreender a ligação mental, e mesmo espiritual, que seu marido tinha comigo; também estava além de seu alcance compreender que a única coisa que me mantinha naquela casa era meu desejo de influenciar o poder dele para fins benéficos. Agora vejo que eu estava errada. Nada poderia justificar minha continuidade num lugar onde eu era a causa de tristeza, mesmo estando certa de que esta continuaria após minha saída.

– Agora, Srta. Dunbar – disse Holmes –, peço-lhe que nos conte exatamente o que aconteceu naquela noite.

– Posso contar-lhe a verdade até onde a conheço, Sr. Holmes, mas não estou em posição de provar nada, e existem pontos, os mais vitais, que não consigo sequer imaginar explicação.

– Se nos der os fatos, talvez possamos encontrá-la.

– Com relação à minha presença na Ponte de Thor naquela noite, aconteceu que recebi um bilhete da Sra. Gibson naquela manhã. Estava na mesa do quarto de estudos, e pode ter sido deixado lá por ela mesma. Na nota, ela implorava para me ver após o jantar, dizendo que tinha algo importante para me dizer, e pedia-me para deixar uma resposta sobre o relógio de sol no jardim, pois não queria que ninguém soubesse de nosso encontro. Eu não vi motivo para tanto segredo, mas fiz como a Sra. Gibson pediu, aceitando o encontro. Ela me pedira para destruir o bilhete que me enviara, e o queimei na lareira do quarto de estudos. A senhora tinha muito medo do marido, que a tratava com uma aspereza pela qual eu frequentemente o repreendia; imaginei que era por isso que ela não queria que ele soubesse de nosso encontro.

– Mesmo assim ela guardou o seu bilhete com muito cuidado.

– Exato. Fiquei surpresa quando soube que ela o tinha na mão no momento em que morreu.

– E o que aconteceu depois?

– Fui até lá, como prometido. Quando cheguei à ponte, ela já estava me esperando. Até aquele momento eu não tinha percebido o quanto aquela pobre criatura me odiava. Parecia uma louca. Na verdade, acho que ela estava realmente louca, e dessa forma possuía o poder de enganar que as pessoas insanas têm. De que outra forma conseguia me encontrar todos os dias de forma tão casual com o ódio furioso que me tinha? Não vou repetir o que ela disse. A Sra. Gibson despejou toda a sua fúria selvagem usando de palavras horrendas. Nem mesmo respondi, não consegui. Foi horrível vê-la. Cobri as orelhas com as mãos e fugi correndo. Quando a deixei, ela ainda estava, de pé, cuspindo suas maldições contra mim, na entrada da ponte.

– Onde ela foi encontrada morta?

– A poucos metros do lugar.

– Mesmo assim, presumindo-se que ela tenha encontrado a morte pouco depois de a senhorita tê-la deixado, não ouviu o tiro?

– Não ouvi nada. Mas, Sr. Holmes, eu estava tão agitada e horrorizada por aquele ataque, que corri procurando abrigo no meu quarto, e fui incapaz de perceber qualquer coisa que tivesse acontecido.

– Quer dizer que voltou para o seu quarto. Saiu dele novamente, antes da manhã seguinte?

– Saí. Quando deram o alarme sobre a morte da pobre senhora, corri junto com os outros.

– Você viu o Sr. Gibson?

– Vi. Ele acabara de voltar da ponte quando o vi. Tinha mandado chamar o médico e a polícia.

– Pareceu-lhe muito abalado?

– O Sr. Gibson é muito forte e sabe se controlar. Acho que ele nunca deixa aflorar suas emoções. Mas eu, que o conheço bem, pude ver que estava profundamente abalado.

– Agora chegamos a um ponto muito importante: a pistola foi achada no seu quarto. Já a tinha visto antes?

– Nunca. Juro.

– Quando foi encontrada?

– Na manhã seguinte. Quando a polícia fez sua busca.

– Estava entre suas roupas?

– Estava no piso do guarda-roupa, embaixo dos meus vestidos.

– Não consegue dizer quanto tempo fazia que estava lá?

– Não estava na manhã do dia anterior.

– Como pode saber?

– Eu arrumei o guarda-roupa.

– Então é isso. Alguém entrou no seu quarto e colocou a pistola ali para incriminá-la.

– Deve ter sido isso mesmo.

– E quando foi?

– Só podem tê-lo feito nos horários de refeições, ou então enquanto eu estava no quarto de estudos, com as crianças.

– Que foi onde encontrou o bilhete?

– Isso mesmo. Daquele momento em diante, durante toda a manhã.

– Obrigado, Srta. Dunbar. Algum outro ponto que possa me ajudar na investigação?

– Não consigo lembrar de nada.

– Há um indício de violência na estrutura de pedra da ponte, um lascado recente oposto ao corpo. Sabe sugerir alguma explicação para isso?

– Deve ser uma simples coincidência.

– Estranho, Srta. Dunbar, muito estranho. Por que teria aparecido juntamente com essa tragédia, e ainda naquele lugar?

– Mas o que o teria causado? Apenas algo muito forte poderia lascar a pedra da ponte.

Holmes não respondeu. Seu rosto pálido e ativo assumiu aquela expressão tensa, distante, que eu aprendera a associar às supremas manifestações de seu gênio. Tão evidente era a atividade em seu cérebro que nenhum de nós ousou falar. Lá permanecemos eu, o advogado e a prisioneira observando-o em seu silêncio concentrado. De repente, ele se pôs de pé, vibrando com uma energia nervosa e a necessidade de entrar em ação.

– Vamos, Watson, vamos! – exclamou.

– O que foi, Sr. Holmes? – ela perguntou.

– Não se preocupe, minha cara senhorita. Vai ter notícias minhas, Sr. Cummings. Com a ajuda da justiça divina vou dar-lhe um caso que sacudirá a Inglaterra. Srta. Dunbar, amanhã mando-lhe as novidades. Enquanto isso, confie que as nuvens estão se abrindo e que tenho todas as esperanças de que a luz da verdade irá nos iluminar.

A viagem de Winchester à propriedade Thor não era longa, mas pareceu-me demorada, em minha impaciência, enquanto para Holmes foi evidentemente interminável, pois não conseguia ficar quieto, andando de um lado para outro ou tamborilando o assento com seus longos dedos.

De repente, contudo, ao nos aproximarmos do destino, ele se sentou de frente para mim – estávamos num vagão de primeira classe – e, apoiando as mãos em meus joelhos, lançou-me seu característico olhar travesso.

– Watson – ele disse –, lembrei-me de que você costuma estar armado quando sai nessas excursões comigo.

Para o bem dele eu tinha esse costume, pois ele não tomava muito cuidado de sua segurança quando sua mente estava absorvida por um problema, de modo que mais de uma vez meu revólver revelara-se um bom amigo. Lembrei-lhe do fato.

– Sim, sim, às vezes negligencio a segurança. Mas está com seu revólver?

Saquei-o; uma arma curta, pequena, mas muito útil. Ele soltou a trava, retirou a munição e examinou-o com cuidado.

– É pesado... bem pesado – disse.

– É... bem sólido.

Olhando para o relógio, Holmes refletiu por alguns instantes.

– Sabe, Watson – ele disse –, acredito que seu revólver terá uma ligação íntima com o mistério que estamos investigando.

– Está brincando, meu caro Holmes?

– Não, Watson, estou falando muito sério. Precisamos fazer um teste. Se der certo, tudo estará esclarecido. E o teste depende desta pequena arma. Vamos deixar um cartucho de fora, recarregar os outros cinco e colocar a trava de segurança. Assim! Desta forma aumentamos o peso e a imitação fica mais fiel.

Eu não fazia ideia do que ele tinha em mente; ele, tampouco, procurou me esclarecer. Ficou perdido em seus pensamentos até que descemos na pequena estação de Hampshire, onde contratamos um cabriolé. Em quinze minutos estávamos na casa de nosso sigiloso amigo, o sargento.

– Uma pista, Sr. Holmes? O que é?

– Tudo depende do comportamento do revólver do Dr. Watson – disse meu amigo. – Aqui está. Agora, policial, pode me providenciar dez metros de cordão?

A loja do vilarejo forneceu um rolo de fio.

– Acho que isto é tudo de que precisamos – disse Holmes. – Agora, se me permite, vamos para o que espero ser o último estágio de nossa jornada.

O sol estava se pondo e transformava a charneca de Hampshire numa linda paisagem outonal. O sargento, que com seus olhares críticos e incrédulos mostrava sérias dúvidas quanto à sanidade do meu amigo, acompanhava-nos. Ao nos aproximarmos da cena do crime, reparei que Holmes, sob sua habitual frieza, estava, na verdade, profundamente agitado.

– Você já me viu errar antes, Watson. Tenho instinto para estas coisas, mas às vezes ele me engana. Quando esta ideia me ocorreu, na cela em Winchester, pareceu-me uma certeza, mas uma falha da mente ativa é que sempre se podem conceber explicações alternativas que invalidam nossa pista. Mesmo assim... bem, Watson, só nos resta tentar.

Enquanto caminhávamos, ele atara firmemente uma ponta do cordão ao cabo do revólver. Chegamos, enfim, ao local da tragédia. Tomando muito cuidado, e com orientação do policial, Holmes marcou o ponto exato onde o corpo fora encontrado. Depois, remexeu entre plantas e arbustos até que encontrou uma pedra de bom tamanho, que amarrou à outra extremidade do cordão e pendurou sobre o parapeito da ponte, de modo que a pedra ficasse suspensa sobre a água. Então, posicionou-se no local marcado segurando meu revólver, de modo que o cordão ficou esticado entre a arma e a pedra suspensa.

– Vamos lá! – ele exclamou.

Com essas palavras, ergueu a pistola até a cabeça e soltou-a. Num instante, a arma foi puxada pelo peso da pedra, estalou contra o parapeito e desapareceu dentro da água. Mal ela afundara, Holmes estava ajoelhado junto ao local onde o revólver batera na ponte. Uma exclamação de alegria mostrou-nos que ele encontrara o que esperava.

– Já viram demonstração mais precisa? – exultou. – Veja, Watson, seu revólver solucionou o problema!

Enquanto falava, mostrou um segundo lascado na ponte, do mesmo tamanho e formato do primeiro que aparecera na borda inferior da balaustrada de pedra.

– Passaremos a noite na hospedaria – ele continuou, erguendo-se e encarando o atônito sargento. – O senhor, é claro, irá recuperar o revólver do meu amigo com uma rede. Próximo dele encontrará também arma, cordão e peso com os quais aquela mulher vingativa tentou disfarçar seu próprio crime e culpar de assassinato uma vítima inocente. Pode dizer ao Sr. Gibson que irei vê-lo pela manhã, quando será possível tomar as medidas necessárias para o desagravo da Srta. Dunbar.

Mais tarde, naquela noite, enquanto fumávamos, sentados, nossos cachimbos, na hospedaria do vilarejo, Holmes contou-me brevemente o que se passara.

– Temo, Watson – ele disse –, que não conseguirá melhorar qualquer reputação que eu tenha ao acrescentar este Mistério da Ponte de Thor à sua coleção. Minha mente foi preguiçosa e deixei a desejar na mistura de imaginação e realidade que formam a base da minha arte. Confesso que o lascado no parapeito de pedra era a pista suficiente para a solução do caso, e me recrimino por não ter resolvido tudo antes.

"Temos de admitir que a mente dessa mulher infeliz trabalhava de modo sutil e intricado; não foi fácil desenredar seu plano. Acredito que nunca antes, em nossas aventuras, tenhamos encontrado um exemplo mais estranho do que o amor desvirtuado pode causar. Fosse a Srta. Dunbar rival dela num sentido físico ou meramente intelectual, isso era igualmente indesculpável a seus olhos. Sem dúvida que ela culpava essa moça inocente por todos aqueles gestos bruscos e palavras ásperas com os quais o marido tentava repelir suas demonstrações exageradas de carinho. Sua primeira decisão foi acabar com a própria vida. A segunda foi fazer isso dando um destino à Srta. Dunbar pior do que qualquer morte súbita.

"Podemos traçar claramente seus passos, que mostram quão engenhosa era sua mente. Ela conseguiu um bilhete da Srta. Dunbar, o que fazia parecer que foi esta quem escolheu o local do crime. Em sua ansiedade de fazer o bilhete ser descoberto, ela exagerou na encenação, segurando-o na mão até o final. Apenas esse detalhe deveria ter levantado minhas suspeitas mais cedo.

"Então ela pegou uma das pistolas do marido – como você viu, havia um arsenal dentro da casa – para seu próprio uso. A outra, ela escondeu dentro do guarda-roupa da governanta, depois de disparar um dos cartuchos, o que pôde fazer facilmente no bosque sem chamar atenção. Então, a falecida Sra. Gibson se dirigiu à ponte, para onde tinha concebido seu engenhoso plano para se livrar da arma. Quando a Srta. Dunbar apareceu, a outra aproveitou para despejar todo o seu ódio. Então, quando a moça se afastou, a Sra. Gibson levou a cabo seu plano sinistro. Cada elo está em seu lugar e a corrente, completa. Os jornais irão perguntar por que o lago não foi dragado a princípio, mas é fácil parecer esperto depois que o caso foi resolvido e, de qualquer modo, não é fácil dragar um lago cheio de plantas, a menos que se saiba exatamente o que se está procurando e onde. Bem, Watson, ajudamos uma mulher notável e também um homem formidável. Se no futuro os dois juntarem suas forças, como parece provável, o mundo financeiro vai descobrir que o Sr. Gibson aprendeu algumas coisas na escola da Tristeza, onde nossas lições mundanas são ensinadas."

O Homem que Rastejava

SHERLOCK Holmes sempre achou que eu devia publicar os fatos singulares relacionados ao professor Presbury, ainda que apenas para rechaçar, de uma vez por todas, os rumores que há vinte anos agitaram a Universidade e ecoaram entre os intelectuais de Londres. Contudo, apareceram certos obstáculos e a verdadeira história desse caso permaneceu fechada na lata de metal que contém tantos registros das aventuras do meu amigo. Agora, finalmente, obtivemos permissão para tornar públicos os fatos que formam um dos últimos casos investigados por Holmes antes de sua aposentadoria. Mesmo assim, certa discrição e reticência devem ser observadas ao se expor o caso ao público.

Foi numa noite de domingo, no começo de setembro de 1902, que recebi uma das mensagens lacônicas de Holmes: "Venha imediatamente, se possível – se for impossível, venha assim mesmo. – Sherlock Holmes". Nosso relacionamento, naquela época, era interessante. Ele era um homem de hábitos estritos, e eu me tornara um desses hábitos. Igualando-me ao violino, ao tabaco, ao velho cachimbo preto, aos livros-índices e outros menos inocentes. Quando um caso demandava trabalho de campo e um camarada em que se pudesse confiar, meu papel era óbvio. Além disso, eu tinha outras funções. Eu era uma pedra de afiar para sua mente, estimulando-a. Holmes gostava de pensar em voz alta na minha presença. Dificilmente poder-se-ia dizer que seus comentários eram dirigidos a mim – muitos deles poderiam ter sido direcionados ao criado-mudo. Mas, apesar de tudo, formado tal hábito, era de certa forma útil que eu compreendesse suas observações e nelas palpitasse. Se eu o irritasse com minha lentidão mental, essa irritação servia para acender suas intuições e impressões ainda mais vívida e rapidamente. Essa era minha humilde função em nossa parceria.

Quando cheguei ao apartamento na rua Baker encontrei-o encolhido em sua poltrona, os joelhos junto ao peito, o cachimbo na boca e as sobrancelhas franzidas em reflexão. Estava claro que Holmes lutava com algum problema muito sério. Com um aceno, indicou minha velha poltrona. Além desse, contudo, não deu outro sinal de estar ciente da minha presença pela próxima meia hora. Então, com um tremor, pareceu sair desse torpor e, com um sorriso estranho, deu-me as boas-vindas àquele que já fora meu lar.

– Por favor, desculpe minha abstração, meu caro Watson – ele disse. – Fatos curiosos foram-me submetidos nas últimas vinte e quatro horas, os quais, por sua vez, originaram especulação de caráter mais genérico. Estou pensando seriamente em escrever uma pequena monografia sobre a utilidade dos cachorros no trabalho de detetive.

– Ora essa, Holmes, isso já foi feito – eu disse. – Sabujos, cães policiais...

– Não, não, Watson. É óbvio que essa perspectiva já foi abordada. Mas existe outra, muito mais sutil. Você se lembra daquele caso em que você, daquela forma sensacional, lidou com as Faias de Cobre, e eu consegui, observando a mente da criança, deduzir os hábitos criminosos do pai respeitável?

– Claro, lembro-me muito bem.

– Minha linha de pensamento sobre cães é análoga. Um cão reflete a vida na família. Quem já viu um cachorro alegre numa família triste? Ou um triste numa família feliz? Pessoas violentas têm cães violentos, pessoas perigosas possuem cachorros perigosos. E as variações de humor dos animais podem refletir as variações de humor dos donos.

– Sabe, Holmes – eu disse, balançando a cabeça –, acho que está indo longe demais com a ideia.

Ele colocou fumo no cachimbo e se reclinou, sem prestar atenção ao meu comentário.

– A aplicação prática do que eu disse relaciona-se intimamente com um problema que estou investigando. Trata-se de uma série bastante intricada de problemas e estou procurando o fio da meada. Uma ponta pode estar na pergunta: por que Roy, o fiel cachorro do professor Presbury, mordeu seu dono?

Desapontado, afundei-me na poltrona. Foi algo tão trivial que me tirou do trabalho? Holmes olhou para mim.

– O mesmo Watson de sempre! – disse. – Você nunca aprende que as questões mais graves dependem dos menores detalhes. Não é estranho que esse filósofo ancião... é claro que você já ouviu falar de Presbury, o famoso fisiologista de Camford?..., que cultiva longa amizade com seu devotado cão, agora tenha sido atacado pelo próprio cachorro? O que acha disso?

– O cão está doente.

– Ora, isso já foi considerado. Mas ele não ataca outras pessoas, e aparentemente também não molesta seu dono, a não ser em ocasiões muito especiais. Estranho, Watson, muito estranho. Mas o Sr. Bennett está adiantado, se é ele tocando a campainha. Eu esperava ter uma conversa mais extensa com você antes de ele chegar.

Ouvimos passos rápidos na escada e uma batida na porta. Em seguida, o novo cliente se apresentou. Era um jovem alto, de boa aparência, com cerca de trinta anos, bem vestido e elegante, mas demonstrava a timidez de um estudante, em vez da segurança de um profissional. Apertou a mão de Holmes e olhou para mim com certa surpresa.

– O assunto é bastante delicado, Sr. Holmes – disse. – Considere a relação que tenho com o professor Presbury, tanto particular quanto pública. É difícil, para mim, falar diante de terceiros.

– Não tenha medo, Sr. Bennett. O Dr. Watson é a discrição em pessoa, e com certeza vou precisar de um assistente neste caso.

– Como preferir, Sr. Holmes. Creio que compreende por que tenho certas reservas nessa questão.

– Entenda, Watson – disse Holmes –, que este cavalheiro, o Sr. Trevor Bennett, é assistente profissional do grande cientista, mora com ele e é noivo de sua única filha. Você há de concordar comigo que o professor tem todos os direitos à devoção e lealdade do Sr. Bennett. Mas essas qualidades serão melhor demonstradas tomando-se as medidas necessárias para esclarecer esse estranho mistério.

– Espero que sim, Sr. Holmes. Esse é o meu objetivo. O Dr. Watson está a par da situação?

– Ainda não tive tempo de lhe explicar.

– Então, o melhor talvez seja que eu explique a situação antes de contar as novidades.

– Eu mesmo farei isso – disse Holmes –, para me certificar de que conheço os fatos em sua ordem correta. A reputação do professor, Watson, é conhecida em toda a Europa. Toda a sua vida tem sido acadêmica e nunca foi manchada por qualquer escândalo. É viúvo e tem uma filha, Edith. Pelo que concluí, é de personalidade determinada e, até, combativa. Essa era a situação até uns poucos meses atrás.

"Então, sua vida mudou. Ele tem 61 anos de idade, mas ficou noivo da filha do professor Morphy, seu colega da disciplina de Anatomia Comparada. Pelo que soube, não se trata do amor racional de um homem maduro, mas sim da paixão frenética de um jovem, pois nenhum outro poderia se revelar namorado mais devotado. A moça, Alice Morphy, é perfeita de corpo e alma, de modo que o encantamento do professor era plenamente justificável. Apesar de tudo, ele não foi aprovado por sua própria família."

– Achamos que era exagerado – disse nosso visitante.

– Exatamente – continuou Holmes –, exagerado, um pouco violento e artificial. O professor Presbury é rico, e o pai da moça não fez objeção ao romance. A filha, contudo, tinha outras ideias e outros candidatos, que se não eram adequados sob uma perspectiva materialista, o eram quanto à idade. A garota parecia gostar do professor, apesar de suas excentricidades. Apenas a idade atrapalhava.

"Então, um pequeno mistério repentinamente atrapalhou a vida do professor. Ele fez algo que nunca fizera antes. Saiu de casa sem dizer para onde ia. Ficou fora quinze dias e voltou parecendo bastante abatido da viagem. Não fez qualquer alusão a onde tenha estado, embora costumasse ser o mais franco dos homens. Acontece, contudo, que nosso cliente, o Sr. Bennett, recebeu carta de um colega que mora em Praga, e este dizia estar feliz por ter visto o professor Presbury lá, embora não tivesse oportunidade de conversar com ele. Somente dessa forma souberam, em sua própria casa, onde ele estivera.

"E agora vem o principal. Dali em diante, o professor sofreu uma transformação estranha. Tornou-se misterioso e furtivo. As pessoas que convivem com ele sentem que esse não é o homem que conhecem, que ele parece estar sob alguma influência que está afetando suas melhores qualidades. Seu intelecto não foi afetado. Suas palestras continuam tão brilhantes como antes. Mas sempre existe alguma novidade, algo sinistro e inesperado. A filha, que sempre o amou, tem tentado repetidas vezes retomar sua antiga relação com ele e penetrar a máscara que o pai parece ter vestido. O senhor, pelo que compreendi, tenta fazer o mesmo. Mas tem sido em vão. E agora, Sr. Bennett, conte com suas próprias palavras o incidente das cartas."

– Precisa compreender, Dr. Watson, que o professor nunca teve segredos comigo. Ainda que eu fosse seu filho ou irmão caçula, não gozaria de maior confiança. Como seu assistente, cuidava de todos os documentos que lhe chegavam, abrindo e classificando as cartas. Pouco depois de seu retorno, isso mudou. Ele me disse que algumas cartas, vindas de Londres, estariam marcadas com uma cruz abaixo do selo. Essas cartas deveriam ser separadas para que somente ele as lesse. Devo dizer que diversas delas passaram pelas minhas mãos. Tinham a marca E. C.[2], e a caligrafia no envelope era péssima. Se ele as respondia, as respostas não passavam pelas minhas mãos, nem iam para a caixa de saída em que nossa correspondência era reunida.

[2] Eastern-Central: zona postal de Londres.

– E a caixa – disse Holmes.

– Ah, sim, a caixa. O professor trouxe uma caixinha de madeira de suas viagens. É uma das coisas que sugere uma viagem ao continente, pois é uma daquelas caixas entalhadas típicas da Alemanha. Ele a deixou em seu armário de instrumentos. Um dia, procurando uma cânula, peguei a caixa. Para minha surpresa, ele ficou muito bravo e me repreendeu com palavras violentas demais para o que foi simples curiosidade da minha parte. Foi a primeira vez que algo assim aconteceu e fiquei muito magoado. Procurei explicar que somente toquei na caixa por acaso, mas percebi que ele me olhou atravessado a noite toda e que o incidente não saía de sua cabeça – o Sr. Bennett tirou uma caderneta do bolso. – Isso aconteceu em 2 de julho – ele disse.

– O senhor é uma testemunha admirável – disse Holmes. – Posso vir a precisar das datas que anotou.

– Entre outras coisas, aprendi a ser metódico com meu grande professor. A partir do momento em que observei anormalidade em seu comportamento, senti que era meu dever estudar seu caso. Assim, tenho anotado que foi naquele mesmo dia, 2 de julho, que Roy atacou o professor, quando este saiu do escritório para o vestíbulo. Novamente, em 11 de julho, aconteceu tal fato, e outro, ainda, em 20 de julho. Depois disso tivemos de prender Roy no estábulo. Era um animal querido e afetuoso... mas sinto que o estou cansando.

O Sr. Bennett falou em tom de reprovação, pois era óbvio que Holmes não o estava escutando. Sua expressão era rígida e os olhos estavam perdidos no teto. Então, meu amigo se recuperou.

– Extraordinário! Bastante extraordinário – ele murmurou. – Esses detalhes são novos para mim, Sr. Bennett. Acho que agora já cobrimos o básico, não? Mas o senhor mencionou que tinha novidades.

O rosto franco de nosso visitante se fechou, provavelmente devido a alguma triste lembrança.

– Vou falar de algo que ocorreu anteontem à noite – ele começou. – Eu estava deitado, ainda acordado, às duas da manhã, quando ouvi um som abafado vindo do corredor. Abri minha porta e olhei para fora. Preciso explicar que o professor dorme no fim do corredor...

– A data seria...? – perguntou Holmes.

Nosso visitante ficou visivelmente irritado com interrupção tão irrelevante.

– Já disse, meu senhor, que foi na noite de anteontem, ou seja, 4 de setembro.

Holmes concordou e sorriu.

– Por favor, continue – ele disse.

– Ele dorme no final do corredor, e tem de passar pela minha porta para chegar à escada. Foi uma experiência aterradora, Sr. Holmes. Acho que sou tão corajoso quanto qualquer outro, mas fiquei abalado com o que vi. O corredor estava no escuro, a não ser por um trecho iluminado pela janela. Eu pude ver que algo estava vindo pelo corredor, algo escuro e rastejante. Então, de repente, aquilo entrou na luz, e vi que era ele. O professor estava rastejando, Sr. Holmes, rastejando! E não era com mãos e joelhos, mas com as mãos e os pés, e o rosto afundado entre as mãos. Mesmo assim, ele parecia se mover com facilidade. Fiquei tão paralisado com aquela visão que somente quando ele chegou à minha porta consegui me adiantar e perguntar se precisava de ajuda. Sua resposta foi extraordinária. Ficou de pé num pulo, despejou palavras atrozes em mim e correu escada abaixo. Esperei por cerca de uma hora, mas ele não voltou. Só deve ter retornado ao quarto quando já era dia.

– Bem, Watson, qual é a sua opinião? – perguntou Holmes, com o ar de um patologista que apresenta um espécime raro.

– Lumbago, possivelmente. Sei que um ataque grave pode fazer um homem andar desse jeito, e nada poderia descontrolar mais o temperamento de uma pessoa.

– Meu bom Watson! Você sempre nos mantém com os pés no chão. Mas não podemos aceitar lumbago, já que ele conseguiu se erguer imediatamente.

– Sua saúde nunca esteve melhor – informou Bennett. – Na verdade, está mais forte do que nunca. Mas os fatos são esses, Sr. Holmes. Não é um caso em que possamos colocar a polícia, e estamos sem saber o que fazer. Temos um sentimento estranho de estarmos caminhando para uma tragédia. Edith, a Srta. Presbury, sente o mesmo que eu, que não podemos continuar esperando passivamente.

– Com certeza é um caso curioso e sugestivo. O que acha, Watson?

– Falando como médico – eu disse –, parece-me um caso de alienação. Os processos cerebrais do velho foram perturbados pelo caso amoroso. Ele fez uma viagem para o estrangeiro na esperança de esquecer sua paixão. Suas cartas e a caixa podem estar relacionadas a outras transações particulares; um empréstimo, talvez, ou certificados de ações.

– E o cachorro, sem dúvida, desaprova esses movimentos financeiros. Não, Watson, é mais que isso. Agora, só posso sugerir...

Nunca se saberá o que Sherlock Holmes ia sugerir, pois naquele momento a porta se abriu e uma jovem foi introduzida na sala. O Sr. Bennett soltou uma exclamação e se pôs de pé, correndo com as mãos estendidas para acolher as mãos que a moça também lhe estendia.

– Edith, querida! Espero que nada de ruim tenha acontecido.

– Senti que devia vir atrás de você. Oh, Jack, tenho sentido tanto medo. É horrível ficar lá, sozinha.

– Sr. Holmes, esta é a jovem de que lhe falei. Minha noiva.

– Estávamos chegando a essa conclusão, não é, Watson? – Holmes respondeu sorrindo. – Imagino, Srta. Presbury, que houve alguma novidade no caso, algo que achou que nós deveríamos saber?

Nossa nova visitante, uma garota bonita e tipicamente inglesa, sorriu para Holmes enquanto se sentava ao lado do Sr. Bennett.

– Quando soube que Jack, o Sr. Bennett, saíra do hotel, pensei que provavelmente o encontraria aqui. É claro que ele havia me dito que viria consultá-lo. Mas, oh, Sr. Holmes, será que não pode ajudar o coitado do meu pai?

– Espero que sim, Srta. Presbury, mas o caso ainda está obscuro. Talvez a novidade que tem a nos dizer possa esclarecer algo.

– Foi na noite passada, Sr. Holmes. Ele agiu de modo estranho durante todo o dia. Estou certa de que, às vezes, ele não se lembra do que fez. Parece que ele vive dentro de um sonho estranho. Ontem foi um dia desses! Não é esse o pai com quem sempre vivi. A casca está lá, mas não é ele.

– Conte-me o que aconteceu.

– Acordei, de noite, com o cachorro latindo furiosamente. Coitado do Roy; agora fica acorrentado perto do estábulo. Devo dizer que sempre durmo com a porta trancada, pois, como Jack deve ter lhes contado, sentimos que uma tragédia é iminente. Meu quarto fica no segundo andar. Por acaso, a persiana estava levantada, e o luar era bastante claro. Deitada, com os olhos fixos naquele quadrado iluminado, eu ouvia os latidos frenéticos do cachorro. Fiquei estarrecida, então, ao ver o rosto do meu pai olhando para mim. Sr. Holmes, quase morri de surpresa e medo. Lá estava ele, colado à janela, parecendo querer abri-la com uma das mãos. Acho que se ela tivesse sido aberta, eu teria enlouquecido. Não foi minha imaginação, Sr. Holmes. Não se deixe enganar. Posso dizer que foram uns vinte segundos em que fiquei paralisada olhando aquele rosto. Então ele desapareceu, mas eu não consegui... não consegui me levantar da cama para ir ver o que tinha acontecido. Fiquei tremendo até de manhã. Durante o café da manhã ele estava bravo e não fez alusão à aventura noturna. Tampouco eu, mas dei-lhe uma desculpa para vir a Londres, e aqui estou.

Holmes parecia bastante surpreso com a história da Srta. Presbury.

– Minha cara jovem, disse-me que seu quarto fica no segundo andar. Há alguma escada comprida no jardim?

– Não, Sr. Holmes, e essa é a parte assustadora: não existe meio de se alcançar a janela, e mesmo assim lá estava ele!

– E a data é 4 de setembro – disse Holmes. – Isso complica o caso.

Foi a vez do Sr. Bennett parecer surpreso.

– É a segunda vez que alude à data, Sr. Holmes – ele disse. – É possível que haja alguma conexão com o caso?

– É possível, muito possível, mas ainda não tenho todas as informações necessárias.

– Talvez esteja pensando na relação entre insanidade e fases da lua?

– Não, posso lhe garantir. É uma linha de pensamento bem diferente. Por favor, deixe sua caderneta comigo, para eu verificar as datas. Agora, Watson, acho que nossa linha de ação está bem clara. Esta moça nos disse, e confio em sua intuição, que seu pai lembra de pouco ou nada do que ocorreu em certas datas. Vamos visitá-lo como se tivéssemos uma entrevista marcada. Ele irá aceitar, devido à sua falta de memória. Assim começaremos nossa campanha, dando uma boa olhada nele.

– Excelente – disse o Sr. Bennett. – Devo lhe avisar, contudo, que o professor, às vezes, é irascível e violento.

Holmes sorriu.

– Existem razões que nos obrigam a ir imediatamente. Razões convincentes, se minha teoria estiver correta. Amanhã, Sr. Bennett, com certeza estaremos em Camford. Se bem me lembro, na cidade há uma hospedaria chamada *Chequers*, cujo vinho do Porto costumava ser acima da média e as roupas de cama eram aceitáveis. Creio, Watson, que nossos aposentos, nos próximos dias, serão menos agradáveis do que os atuais.

Na segunda-feira pela manhã estávamos a caminho da famosa cidade universitária; uma tarefa fácil para Holmes, que não tinha outros afazeres, mas, para mim, foram necessários planejamento frenético e muita pressa, já que minha clínica estava com movimento considerável. Holmes não fez alusão ao caso até deixarmos a bagagem na hospedaria que mencionara.

– Acho, Watson, que podemos pegar o professor antes do almoço. Ele está em aula às onze, e deve ter um intervalo em casa.

– Que justificativa vamos dar para nossa visita?

Holmes olhou para a caderneta.

– Houve um período de agitação perto de 26 de agosto. Vamos assumir que ele fica um pouco confuso nessas ocasiões. Acho que se insistirmos que temos uma entrevista marcada, ele não se arriscará a nos contradizer. Tem a audácia necessária para ir comigo?

– Podemos tentar.

– Excelente, Watson! "Podemos tentar"! Será o *slogan* da nossa firma. Vamos encontrar um morador que possa nos orientar para onde ir.

Tomamos um cabriolé que nos levou para as antigas faculdades e, finalmente, virando numa alameda ladeada de árvores, parou junto a uma casa encantadora, rodeada de glicínias roxas. O professor Presbury vivia cercado não apenas de conforto, mas também de muito luxo. Assim que nos aproximamos, vimos a cabeça grisalha aparecer na janela, e percebemos que um par de olhos agudos nos observava através de grandes óculos. Em seguida estávamos em seu escritório, e o misterioso cientista, cujas esquisitices haviam nos trazido de Londres, estava, de pé, diante de nós. Não existiam sinais de excentricidades em seus modos ou em sua aparência; era um homem grande, sério, alto e envergava o paletó com a dignidade que um professor precisa. Seus olhos eram sua característica mais notável; observadores, penetrantes e tão astutos que pareciam ladinos.

Ele olhou para nossos cartões de visita.

– Por favor, sentem-se, cavalheiros. O que posso fazer pelos senhores?

Holmes sorriu amavelmente.

– Essa era a pergunta que eu estava para lhe fazer, professor.

– Para me fazer!

– Talvez haja algum engano. Disseram-me que o professor Presbury, de Camford, necessitava dos meus serviços.

– Ah, é mesmo? – pareceu-me haver um brilho malicioso naqueles intensos olhos escuros. – Disseram-lhe, não foi? Posso perguntar o nome desse informante?

– Desculpe-me, professor, mas o assunto é confidencial. Se eu cometi um engano, não há problema. Só posso dizer que lamento muito.

– Nada disso. Quero saber melhor do que se trata. Isso me interessa. O senhor tem algum bilhete, telegrama ou carta que comprove sua afirmação?

– Não, não tenho.

– Suponho que o senhor não dirá que eu mesmo o chamei?

– Prefiro não responder – disse Holmes.

– É, eu imagino que não – disse o professor, com aspereza. – Contudo, essa questão em particular pode ser respondida facilmente sem sua ajuda.

Ele atravessou a sala e tocou a campainha. Nosso amigo, o Sr. Bennett, atendeu ao chamado.

– Entre, Bennett. Estes dois cavalheiros vieram de Londres acreditando terem sido chamados. Você cuida da minha correspondência. Você tem algum registro de qualquer coisa enviada para uma pessoa chamada Holmes?

– Não senhor – Bennett respondeu, enrubescendo.

– Bem, isso é definitivo – disse o professor, olhando furiosamente para meu companheiro. – Agora, meu senhor – ele se inclinou para a frente, com as duas mãos sobre a mesa –, parece-me que está numa posição bastante duvidosa.

Holmes deu de ombros.

– Só posso repetir que lamento ter feito esta intromissão desnecessária.

– Não é o suficiente, Sr. Holmes! – o velho exclamou, quase gritando, ostentando uma maldade extraordinária no rosto.

Ele se colocou entre nós e a porta enquanto falava e, furioso, balançava as duas mãos em nossa direção.

– Vocês não vão se livrar tão facilmente desta! – disse em tom de ameaça.

Seu rosto retorcia-se enquanto matraqueava e ria numa raiva irracional. Eu estava convencido de que teríamos de lutar para sair daquele escritório, não fosse a intervenção do Sr. Bennett.

– Meu caro professor – ele exclamou –, considere sua posição! Considere o escândalo que vai ser para a Universidade! O Sr. Holmes é um homem conhecido. O senhor não pode tratá-lo dessa forma.

De má vontade, nosso anfitrião – se é que posso chamá-lo assim – liberou nosso caminho até a porta. Fiquei feliz quando me encontrei fora da casa, na calma da alameda ladeada por árvores. Holmes parecia ter se divertido muito com o acontecido.

– Os nervos de nosso erudito amigo parecem meio fora de prumo – ele disse. – Talvez nossa invasão tenha sido um pouco rude, mas, pelo menos, conseguimos o contato pessoal que eu queria. Mas, ora essa, Watson, ele está atrás de nós, o bandido está nos seguindo!

Ouvimos o som de passos apressados atrás de nós, mas, para meu alívio, não foi o professor, mas seu assistente quem apareceu na curva da alameda. Ele se aproximou, ofegante.

– Sinto muito, Sr. Holmes. Quero me desculpar.

– Meu caro, não é preciso. Faz parte da profissão.

– Eu nunca o vi se comportar de modo mais perigoso! Ele está cada vez mais sinistro. O senhor compreende, agora, por que eu e sua filha estamos tão assustados. Mas, ainda assim, ele está com a cabeça muito boa.

– Boa demais! – disse Holmes. – Esse foi o meu erro. É evidente que sua memória é mais confiável do que eu pensara. A propósito, podemos, antes de ir, ver a janela do quarto da Srta. Presbury?

O Sr. Bennett abriu caminho entre os arbustos e pudemos ver a lateral da casa.

– É aquele. A segunda janela à esquerda.

– Ora essa. Parece inacessível. De qualquer modo, observem que há uma trepadeira logo abaixo e um cano de água acima que poderiam servir de apoio.

– Eu não me arriscaria a subir por aí – exclamou o Sr. Bennett.

– Claro que não. Seria uma empreitada perigosa para qualquer homem normal.

– Há outra coisa que eu gostaria de lhe contar, Sr. Holmes. Tenho o endereço do homem, em Londres, para quem o professor escreve. Ele lhe escreveu pela manhã, e peguei o endereço no mata-borrão. É algo vergonhoso para um assistente de confiança, mas o que mais posso fazer?

Holmes olhou para o papel e guardou-o no bolso.

– Dorak... um nome incomum. Eslavo, imagino. Bem, é um elo importante da corrente. Vamos voltar a Londres esta tarde, Sr. Bennett. Não vejo em que poderemos ajudar ficando aqui. Não podemos prender o professor, pois ele não cometeu nenhum crime. Também não podemos interná-lo, já que é impossível provar que está louco. Por enquanto, não é possível tomar qualquer medida.

– Então, o que vamos fazer?

– Ter paciência, Sr. Bennett. As coisas logo vão caminhar. Salvo engano, a próxima terça-feira nos trará uma nova crise. Certamente estaremos em Camford nesse dia. Enquanto isso, já que a situação geral é bastante desconfortável, talvez a Srta. Presbury possa prolongar sua visita...

– Isso é fácil.

– Então mantenha-a longe até nos assegurarmos de que ela não corre mais perigo. Enquanto isso, deixe o professor à vontade; procure não contrariá-lo. Enquanto ele estiver de bom humor, tudo bem.

– Lá está ele! – exclamou Bennett, num sussurro assustado.

Olhando entre os galhos, vimos a figura alta do professor emergir da porta do edifício e olhar ao redor. Ele parou inclinado para a frente, balançando as mãos à sua frente e virando a cabeça de um lado para o outro. Com um último aceno para nós, o assistente saiu do meio dos arbustos e aproximou-se do patrão. Os dois voltaram juntos para a casa, no que nos pareceu uma conversa animada e, até, agitada.

– Imagino que o velho somou dois mais dois – disse Holmes, enquanto voltávamos para o hotel. – Ele me pareceu ter uma inteligência especialmente clara e lógica, pelo pouco que o vi. É explosivo, sem dúvida, mas do seu ponto de vista, ele tem por que explodir, já que há detetives em seu rasto e ele suspeita de que seu empregado esteja envolvido nisso. Receio que nosso amigo Bennett esteja numa situação delicada.

No caminho, Holmes parou no correio, de onde despachou um telegrama. À noite, a resposta nos alcançou, e ele me passou o papel: "Estive na avenida Comercial e vi Dorak. Pessoa gentil, natural da Boêmia, idoso. Tem grande loja de variedades. – Mercer".

– Você não conheceu Mercer – disse Holmes. – É meu faz-tudo, que trata das questões rotineiras. Era importante saber alguma coisa do homem com quem nosso professor se corresponde tão secretamente. Sua nacionalidade corresponde com a visita a Praga.

– Que bom que alguma coisa corresponde a outra – eu disse. – No momento parece que nos confrontamos com uma longa série de fatos inexplicáveis sem conexão entre si. Por exemplo, o que há em comum entre um cachorro bravo e uma viagem à Boêmia, ou desses dois fatos com um homem rastejando por um corredor à noite? Quanto às suas datas, é o maior engano de todos.

Holmes sorriu e esfregou as mãos. Devo dizer que estávamos sentados na sala de estar da velha hospedaria, com uma garrafa do famoso vinho de que Holmes falara sobre a mesa.

– Bem, vamos observar as datas, primeiro – ele disse, unindo as pontas dos dedos e agindo como se estivesse falando com alunos. – O diário daquele jovem mostra que a confusão começou no dia 2 de julho e, daí em diante, ela retornou em intervalos de nove dias. Pelo que lembro, há apenas uma exceção. Assim, a última crise, na sexta-feira, foi em 3 de setembro, que também se encaixa na série, assim como 26 de agosto. Isso está além de uma simples coincidência.

Fui obrigado a concordar.

– Então – ele continuou –, vamos formular uma teoria provisória, segundo a qual a cada nove dias o professor toma alguma droga forte que tem efeito passageiro, mas altamente tóxico. Sua natureza violenta é reforçada pela droga. Ele começou a tomá-la em Praga, e agora ela lhe é fornecida por esse intermediário boêmio em Londres. Tudo se encaixa, Watson.

– Mas e o cachorro, o rosto na janela, o homem rastejando no corredor?

– Bem, bem, pelo menos temos de onde começar. Não espero nenhuma novidade até a próxima terça. Enquanto isso, só podemos ficar em contato com Bennett e desfrutar as amenidades desta encantadora cidade.

Pela manhã, Bennett escapou para nos trazer as novidades. Como Holmes previra, ele passara por maus bocados. Sem acusá-lo diretamente de ser o responsável por nossa presença, o professor foi bastante áspero em suas palavras, deixando claro seu ressentimento. Naquela manhã tinha voltado ao seu normal, contudo, e dera sua aula normalmente brilhante para uma classe lotada.

– A não ser por seus estranhos acessos – disse Bennett –, ele mostra mais energia e vitalidade do que antes. Sua mente, também, está mais aguçada. Mas não é ele; não é o homem que conheci.

– Acho que não temos nada a temer, pelo menos por uma semana – Holmes observou. – Sou um homem ocupado, e o Dr. Watson tem seus pacientes para atender. Vamos marcar de nos reencontrar aqui, a esta hora, na próxima terça-feira. Então, acredito que antes de partirmos novamente, poderemos explicar a origem de seus problemas, mesmo se ainda não pudermos resolvê-los. Enquanto isso, escreva-nos contando as novidades.

Não soube do meu amigo durante os próximos dias, mas na segunda-feira à noite recebi um bilhete pedindo-me para encontrá-lo na manhã seguinte no trem. Pelo que me contou enquanto viajávamos para Camford, tudo estava bem, a paz reinava no lar do professor e sua própria conduta parecia perfeitamente normal. Esse também foi o relato que o próprio Sr. Bennett fez quando nos visitou à noite em nossos aposentos na hospedaria Chequers.

– Hoje ele teve notícias do correspondente em Londres. Recebeu uma carta e um pacote, cada um com uma cruz embaixo do selo, indicando-me que eu não devia mexer neles. Fora isso, nada.

– Isso pode ser o suficiente – disse Holmes, com gravidade. – Agora, Sr. Bennett, acho que devemos chegar a alguma conclusão esta noite. Se minhas deduções estiverem corretas, teremos uma oportunidade de esclarecer os fatos. Para tanto, é preciso manter o professor em observação. Sugiro, portanto, que permaneça acordado e de vigília. Se ouvi-lo passar por sua porta, não o interrompa; apenas siga-o o mais discretamente possível. Eu e o Dr. Watson estaremos por perto. A propósito, onde fica a chave daquela caixa de que nos falou?

– Na corrente de relógio do professor.

– Acho que nossa investigação deve ir nessa direção. Na pior das hipóteses, a fechadura não deve ser muito resistente. Existem outros homens em boas condições físicas na propriedade?

– Macphail, o cocheiro.

– Onde ele dorme?

– Em cima do estábulo.

– Talvez precisemos dele. Bem, nada podemos fazer até que vejamos como as coisas evoluem. Até logo; espero que o vejamos antes do amanhecer.

Era perto de meia-noite quando assumimos nosso posto entre os arbustos em frente à janela do vestíbulo do professor. A noite estava agradável, mas fria; foi bom termos levado nossos casacos. A brisa soprava e as nuvens eram sopradas através do céu, cobrindo, de quando em quando, a lua crescente. A vigília teria sido cansativa, não fosse nossa expectativa e agitação, que nos fazia continuar, e a certeza do meu camarada de que chegaríamos ao fim daquela estranha sequência de fatos que estudávamos.

– Se houver de fato um ciclo de nove dias, esta noite veremos o professor em seu pior estado – disse Holmes. – Esses sintomas estranhos terem começado depois da visita dele a Praga, a manutenção de uma correspondência secreta com um comerciante boêmio em Londres, que provavelmente representa alguém de Praga, e ter recebido dele um pacote hoje, tudo aponta numa direção. O que ele toma e por que, ainda está além do nosso conhecimento, mas o que emana de Praga está muito claro. Ele toma essa droga seguindo certas diretrizes que regulam o sistema de nove dias, que foi o primeiro ponto a chamar minha atenção. Mas os sintomas são extraordinários. Você observou os nós dos dedos dele?

Tive de confessar que não reparara.

– Grossos e calejados de um modo que nunca vi. Sempre olhe as mãos primeiro, Watson. Depois os punhos, joelhos das calças e sapatos. Nós de dedos muito estranhos, que só podem ser explicados pelo tipo de progressão observado... – Holmes parou de falar e, de repente, deu um tapa na testa. – Oh, Watson, Watson! Que tolo eu tenho sido! Parece inacreditável, mas deve ser verdade. Tudo aponta numa direção. Como deixei de ver a relação entre as ideias? Esses nós de dedos, como pude ignorá-los? E o cachorro! E a hera! Está na hora de eu desaparecer no meu campo dos sonhos. Veja, Watson! Lá está ele! Vamos ter a chance de ver o que acontece.

A porta da casa foi aberta lentamente, e vimos a robusta figura do professor Presbury contra o aposento iluminado. Vestia seu *robe de chambre*. Estava ereto, parado ali, na soleira, mas inclinado para a frente com os braços pendendo à sua frente, como da última vez que o vimos.

Então o professor se adiantou e passou por uma mudança extraordinária. Ele caiu numa posição agachada e começou a se mover apoiado nos pés e mãos, pulando de vez em quando, como se estivesse transbordando de energia e vitalidade. Deslocou-se pela frente da casa e virou na quina da parede. Então Bennett passou pela porta e o seguiu, cautelosamente.

– Venha, Watson, venha! – exclamou Holmes.

E nos esgueiramos entre os arbustos até atingirmos um ponto de onde podíamos ver o outro lado da casa, que estava banhado pelo luar. Bem visível, o professor estava agachado ao pé da parede coberta de hera. De repente, ele começou a escalá-la com incrível agilidade. Saltava de galho em galho, com firmeza e segurança, fazendo essa subida, aparentemente, pelo simples prazer de se exercitar, sem qualquer objetivo definido em vista. Com o *robe* esvoaçante à sua volta, ele parecia um morcego gigante grudado na parede de sua própria casa, um recorte escuro contra a parede iluminada pelo luar. Parecendo ter se cansado da brincadeira, e descendo de galho em galho, moveu-se na direção do estábulo, rastejando da mesma forma estranha de antes. O cachorro tinha aparecido, latindo furiosamente e ficando ainda mais agitado quando viu seu dono. A corrente estava esticada ao máximo, e o animal tremia de raiva. Deliberadamente, o professor colocou-se apenas um pouco além do limite de alcance do cachorro e começou a provocá-lo de todas as formas possíveis. Ele pegava punhados de pedrinhas, no chão, e os atirava no focinho do cão. Depois começou a cutucá-lo com uma vareta e passava suas mãos a centímetros das mandíbulas ansiosas. Esforçava-se, de todas as formas, em aumentar a fúria do animal, que já estava além de qualquer controle. Em todas as nossas aventuras, nunca vi cena mais estranha do que aquela figura impassível, agachada como um sapo, mas ainda digna, provocando o cachorro para uma selvagem exibição de violência através de planejada crueldade.

Então, num instante, aconteceu! Não foi a corrente que partiu, mas sim a coleira que escapou, pois tinha sido feita para um Terranova de pescoço grosso. Ouvimos o tilintar do metal caindo e, no instante seguinte, cão e homem rolavam no chão, um rugindo de raiva, o outro chiando de medo. Por muito pouco o professor não se foi. A criatura o pegara de jeito na garganta, com as presas entrando fundo, e ele já estava desacordado antes de chegarmos até os dois e conseguirmos separá-los. Poderia ter sido uma tarefa perigosa para nós, mas a voz de Bennett acalmou instantaneamente o cachorro. O barulho trouxera o sonolento e atônito cocheiro de seu quarto sobre o estábulo.

– Já esperava essa! – ele disse, balançando a cabeça. – Eu já tinha visto o professor fazendo isso antes. E eu sabia que o cachorro ainda pegaria ele, cedo ou tarde.

O animal foi dominado, e juntos carregamos o professor para seu quarto, onde Bennett, que também era médico, me ajudou a cuidar da garganta ferida. Os dentes afiados passaram perigosamente perto da artéria carótida, e a hemorragia fora séria. Em meia hora o perigo havia passado. Eu dei ao paciente uma injeção de morfina, e ele caiu em sono profundo. Então, e somente então, pudemos olhar um para o outro e analisar a situação.

– Acho que ele precisa ser examinado por um bom cirurgião – eu disse.

– Bom Deus, não! – exclamou Bennett. – No momento o escândalo está restrito à nossa casa. Está seguro conosco. Se sair de entre estas paredes, não vai parar de crescer. Considerem sua posição na Universidade, sua reputação na Europa, os sentimentos da filha.

– Muito bem – disse Holmes. – Acho que é possível manter o assunto entre nós, e também evitar que isso volte a acontecer, agora que podemos agir. Pegue a chave da caixa, Sr. Bennett. Macphail ficará com o paciente e irá nos avisar de qualquer alteração em seu estado. Vamos ver o que conseguimos descobrir com a caixa misteriosa do professor.

Não havia muito, mas era o bastante; uma ampola vazia, outra cheia, uma seringa hipodérmica e diversas cartas em caligrafia primitiva e estrangeira. As marcas nos envelopes mostravam ser aqueles que o assistente não podia mexer, e todos tinham sido enviados por "A. Dorak", da Av. Comercial. Eram apenas faturas dando conta das garrafas enviadas ao professor Presbury, ou recibos acusando pagamentos. Contudo, havia outro envelope, com letra evidenciando melhor instrução do remetente, com selo austríaco e carimbo de Praga.

– É o que procuramos! – exclamou Holmes ao abrir o envelope.

Prezado Colega, começava a carta. *Desde sua estimada visita pensei muito em seu caso, e embora em suas circunstâncias haja razões especiais para o tratamento, eu recomendaria extremo cuidado, pois meus resultados mostram que existe certo perigo.*

É possível que o Soro de Antropoide fosse melhor. Tenho usado, conforme lhe expliquei, Langur de cara preta porque o espécime está acessível. Langur é, claro, um rastejador, enquanto o Antropoide anda ereto, sendo mais próximo em todos os sentidos.

Peço-lhe que tome todas as precauções possíveis para que não haja revelação prematura do processo. Não tenho outro cliente na Inglaterra e Dorak é meu representante. Apreciaria relatórios semanais.

Respeitosamente,

H. Lowenstein

Lowenstein! O nome recordou-me de algum recorte de jornal que falava de um cientista obscuro que buscava o segredo do reju-

venescimento e o elixir da vida. Lowenstein de Praga! Lowenstein e o extraordinário soro da força, proibido pela medicina porque ele se recusava a revelar sua fonte. Em poucas palavras eu contei o que sabia. Bennett pegara uma manual de zoologia da estante.

– "Langur" – ele leu –, "o grande macaco de face negra das encostas do Himalaia, o maior e mais humano desse tipo". Outros detalhes se seguem. Bem, obrigado, Sr. Holmes, está claro que descobrimos a raiz desse mal.

– A raiz está – disse Holmes –, na verdade, nesse caso de amor temporão, que deu ao professor a sensação de que só poderia satisfazer seu desejo se voltasse a ser jovem. Quando alguém tenta se pôr acima da Natureza, inevitavelmente cairá sob ela. O tipo mais elevado de homem pode se tornar um animal se abandonar o caminho reto do destino – ele permaneceu pensando por um instante, com a ampola na mão, observando o líquido claro. – Quando eu escrever para esse homem e lhe disser que o considero responsável criminalmente pelo veneno que vende, nossos problemas vão terminar. Mas podem voltar. Outras pessoas encontrarão outros modos. Existe um perigo aí, um perigo real para toda a humanidade. Pense, Watson, que os materialistas, os sensuais e os mundanos iriam todos prolongar suas vidas inúteis. As pessoas espirituais não evitariam o chamado a algo mais elevado. Seria a sobrevivência dos menos adequados. Que tipo de buraco nosso pobre mundo se tornaria? – repentinamente, o sonhador desapareceu e Holmes, o homem de ação, se levantou da cadeira. – Acho que não há nada mais a ser dito, Sr. Bennett. Os diversos acontecimentos irão se encaixar facilmente no esquema geral. O cachorro, é claro, percebeu a mudança com mais rapidez que o senhor. Seu olfato permitiu isso. Foi o macaco, e não o professor, que Roy atacou, assim como era o macaco que atiçava Roy. Escalar paredes era um prazer para a criatura, e imagino que ele tenha ido parar por acaso na janela da Srta. Presbury. Watson, um trem sai cedo para Londres, mas acho que temos tempo para uma xícara de chá no *Chequers* antes de pegá-lo.

A Vampira de Sussex

Holmes lera cuidadosamente uma carta que o correio lhe trouxera. Então, com um soluço seco que era o mais próximo que chegava de uma risada, ele jogou o papel para mim.

– Para uma mistura do moderno e do medieval, do prático e do fantasioso, acho que isto é certamente o limite – ele disse. – O que acha, Watson?

A carta que li era assim:

Old Jewry, 46

19 de novembro

Re: Vampiros

Senhor,

Nosso cliente, o Sr. Robert Ferguson, de Ferguson & Muirhead, comerciantes de chá, da travessa Mincing, consultou-nos a respeito de vampiros. Como nossa empresa é totalmente especializada na avaliação de maquinário, tal problema não está dentro do nosso escopo de trabalho, e portanto recomendamos ao Sr. Ferguson que o visitasse para lhe expor a questão. Não esquecemos sua atuação bem-sucedida no caso de Matilda Briggs.

Respeitosamente,

Morrison, Morrison e Dodd

Por E. J. C.

– Matilda Briggs não era o nome de uma mulher, Watson – explicou Holmes. – Era um navio, relacionado ao rato gigante de Sumatra, uma história para a qual o mundo ainda não está preparado. Mas o que você sabe de vampiros? Está dentro do *nosso* escopo de trabalho? Qualquer coisa é melhor do que ficar parado, mas parece que estamos entrando num conto de fadas dos irmãos Grimm. Estique seu braço, Watson, e veja o que o "V" tem a dizer.

Estiquei-me e peguei o grande volume de referência a que ele se referia. Holmes o deitou sobre os joelhos e percorreu com os olhos vagarosa e carinhosamente o registro de velhos casos, em meio a informações acumuladas ao longo de uma vida de trabalho.

– "Viagem do *Gloria Scott*" – ele leu. – Esse não foi um bom trabalho. Lembro-me de que você escreveu sobre esse caso, Watson, e não o congratulei pelo resultado. "Victor Lynch", o falsificador. "Veneno de Gila (lagarto)", caso notável, esse! "Vitória, a bela do circo". "Vanderbilt e o arrombador". "Víboras". "Vigor, a maravilha de Hammersmith". Ora, ora! Meu bom e velho índice! Insuperável. Ouça isto, Watson. "Vampirismo na Hungria" e, depois, "Vampiros na Transilvânia" – ele continuou virando as páginas, mas após breve busca pôs, desapontado, o grande livro de lado.

– Bobagens, Watson, bobagens! O que temos que ver com cadáveres ambulantes que só podem ser mantidos em seus túmulos com estacas atravessadas nos corações? É pura maluquice.

– Mas, certamente – eu disse –, o vampiro não é necessariamente um morto! Uma pessoa pode ter esse hábito. Li, por exemplo, de velhos bebendo sangue de jovens para obter sua juventude.

– Tem razão, Watson. Isso é mencionado no índice. Mas será que devemos encarar com seriedade essas coisas? Esta Agência tem os pés firmes no chão, e deve continuar assim. O mundo já é grande o bastante para nós. Fantasmas não são necessários. Temo que não possamos levar o Sr. Robert Ferguson muito a sério. Acho que esta carta é dele, e talvez possa esclarecer o que está lhe preocupando.

Holmes pegou um segundo papel que permanecera sobre a mesa enquanto ele se ocupava do primeiro. Ele começou a ler com um sorriso irônico, que aos poucos foi se transformando numa expressão de intenso interesse e concentração. Ao terminar, ele permaneceu algum tempo pensando, com a carta pendendo de seus dedos. Afinal, estremecendo, ele acordou de seus devaneios.

– Cheeseman's, Lamberley. Onde fica Lamberley, Watson?

– Em Sussex, ao sul de Horsham.

– Não é longe, hein? E Cheeseman's?

– Conheço a região, Holmes. É cheia de casas velhas, que receberam seus nomes de acordo com as pessoas que as construíram, séculos atrás. Tem Odley's, Harvey's, Carriton's... as pessoas sumiram, mas seus nomes permanecem nas casas.

– Muito bem – ele disse, com frieza. Essa era uma das características de sua personalidade. Embora registrasse qualquer informação nova rápida e precisamente em seu cérebro, raramente agradecia ao informante. – Acredito que, antes de terminarmos, vamos estar especialistas em Cheeseman's, Lamberley. A carta, como eu imaginava, é de Robert Ferguson. A propósito, ele diz que conhece você.

– Eu!

– É melhor que você leia.

Ele me entregou a carta, cujo cabeçalho trazia o endereço citado. E prosseguia:

Prezado Sr. Holmes,

O senhor foi-me recomendado por meus advogados, mas o assunto é tão extraordinariamente delicado que é até difícil de discutir. Diz respeito a um amigo a quem ajudo. Esse cavalheiro casou-se há cinco anos com uma moça peruana, filha de um comerciante peruano que ele conheceu no processo de importação de fertilizantes. A moça era muito bonita, mas sua origem estrangeira e religião exótica causaram uma diferença de interesses e sentimentos entre marido e mulher que, após um certo tempo, o amor dele por ela esfriou e ele começou a encarar a união como um erro. Ele sentia que havia características na personalidade da esposa que nunca poderia compreender. Isso era muito triste, pois tratava-se da mulher mais carinhosa que um homem poderia ter, aparentando ser absolutamente dedicada.

Agora, a questão que esclarecerei melhor quando nos encontrarmos. Na verdade, esta carta é apenas para lhe dar uma ideia geral da situação e para verificar se o senhor se interessa pela questão. A mulher começou a tomar atitudes muito estranhas à sua personalidade normalmente afável e gentil. Trata-se do segundo casamento de meu amigo, sendo que ele tem um filho da primeira mulher. O garoto está com quinze anos; é afetuoso e encantador, mas sofreu um acidente na infância que o prejudica até hoje. Por duas vezes, a esposa atual foi pega batendo no pobre rapaz sem qualquer motivo. Uma vez bateu-lhe com uma vara, deixando-lhe grande cicatriz no braço.

Isso é pouco, contudo, comparado à sua conduta com seu próprio filho, um garotinho com menos de um ano. Certa vez, há cerca de um mês, a criança foi deixada só, por alguns minutos, pela babá. O nenê soltou um grito de dor, o que trouxe a babá de volta. Ao entrar no quarto, viu a patroa debruçada sobre o nenê, aparentemente mordendo seu pescoço, que, conforme verificou depois, apresentava um machucado de onde escorria sangue. A babá ficou tão horrorizada que quis contar ao marido, mas a patroa lhe implorou para não fazê-lo, dando-lhe cinco libras para que ficasse quieta. Nenhuma explicação foi dada, mas o assunto foi superado.

Contudo, ele deixou uma terrível impressão na babá, e daí em diante ela passou a observar de perto a patroa e a guardar com mais cuidado a criança, de quem gosta sinceramente. Parecia-lhe que, ao mesmo tempo em que observava a mãe, esta também a observava, e parecia que sempre que era obrigada a deixar a criança sozinha, a mãe estava à espreita para pegá-la. Dia e noite a babá velava pela criança, e dia e noite a mãe silenciosa parecia estar à espera, como um lobo espera pelo cordeiro. Isso deve lhe parecer inacreditável, mas, ainda assim, peço-lhe que me leve a sério, pois a vida de uma criança e a sanidade de um homem podem depender disso.

Afinal, chegou o dia em que os fatos não puderam mais ser escondidos do marido. A babá, cujos nervos não aguentavam mais a situação, contou tudo ao patrão. Aquilo, para ele, pareceu uma maluquice, como deve estar parecendo ao senhor. Ele sabia que a esposa era uma mulher afetuosa e, salvo pelas agressões ao enteado, era também afetuosa como mãe. Por que, então, ela machucaria seu próprio nenê? Ele disse à babá que esta sonhava, que suas suspeitas eram maluquice, e que tais fofocas não seriam toleradas. Enquanto conversavam, ouviram um repentino grito de dor. Babá e patrão correram para o quarto da criança. Imagine o que sentiu meu amigo, Sr. Holmes, quando viu sua mulher se erguer de sua posição ajoelhada ao lado do berço, deixando sangue no pescoço da criança e nos lençóis. Horrorizado, virou o rosto da esposa para a luz e viu sangue em seus lábios. Era ela – sem qualquer dúvida – que bebera sangue da pobre criança.

Essa é a situação. Agora ela está confinada em seu quarto. E não deu qualquer explicação. O marido está quase enlouquecido. Eu e ele pouco sabemos de vampirismo. Pensávamos que se tratasse de fantasias estrangeiras. E agora, em Sussex, no coração da Inglaterra... bem, tudo isso pode ser discutido com o senhor pela manhã. Aceita me receber? Colocará seus dons a serviço de um homem em frangalhos? Em caso positivo, mande um telegrama para Ferguson, Cheeseman's, Lamberley, e estarei em seu escritório às dez horas.

Respeitosamente,

Robert Ferguson.

P. S. – Acredito que seu amigo Watson jogou rúgbi por Blackheath quando eu era atacante de Richmond. Essa é a única apresentação pessoal que posso lhe dar.

– É claro que me lembro dele – eu disse, ao terminar a carta. – O Bob Grandão, melhor atacante que Richmond já teve. Sempre foi um camarada de bom coração. É típico dele ficar tão preocupado com o problema de um amigo.

Holmes olhou para mim pensativo e balançou a cabeça.

– Nunca vou entender seus limites, Watson – ele disse. – Você sempre me surpreende. Faça-me um favor, escreva o seguinte num formulário de telegrama: "Terei prazer em examinar seu problema".

– *Seu* problema!

– Não podemos deixá-lo pensar que esta Agência é comandada por tolos! É claro que o problema é dele. Envie o telegrama e deixe esse assunto para lá até amanhã.

Precisamente às dez da manhã Ferguson entrou em nossa sala. Lembrava-me dele como um sujeito alto e forte, cujas pernas ágeis e velozes permitiam-lhe furar as defesas dos adversários. Não há nada mais deprimente que encontrar os destroços de um bom atleta que se conheceu em seu auge. O corpanzil diminuíra, o cabelo claro tornara-se escasso e os ombros estavam curvados. Receio ter-lhe despertado sensação semelhante.

– Olá, Watson – ele disse, emocionado –, você não se parece com o homem que eu joguei por cima da cerca na multidão em Old Deer Park. Acho que eu também mudei um pouco. Mas foram esses últimos dias que me envelheceram. Pelo seu telegrama, Sr. Holmes, percebi que não adianta eu fingir estar representando outra pessoa.

– É mais simples sermos diretos – disse Holmes.

– Claro que é. Mas pode imaginar como é difícil falar da mulher que se deve proteger e ajudar? O que posso fazer? Como vou chegar na polícia com essa história? Ainda assim, as crianças precisam ser protegidas. Será que é loucura? Será que existe algo no sangue? Já se deparou com caso semelhante? Pelo amor de Deus, dê-me alguma orientação, pois não sei o que fazer.

– Certamente, Sr. Ferguson. Agora sente-se aqui, acalme-se e responda algumas perguntas. Garanto-lhe que ainda temos muitas opções, e tenho confiança de que encontraremos uma solução. Em primeiro lugar, diga-me que providências tomou. A sua mulher ainda tem acesso à criança?

– Tivemos uma cena terrível. Ela é uma mulher muito afetuosa, Sr. Holmes. Se existe uma mulher que amou de verdade um homem de coração e alma, essa é ela. Abalou-a tremendamente eu ter descoberto seu incrível segredo. Ela nem conseguiu falar. Não respondeu a nenhuma das minhas repreensões. Apenas me olhava, com um brilho desesperado nos olhos. Depois correu para seu quarto, onde se trancou. Desde então recusa-se a me ver. Ela tem uma empregada que está com ela há tempos. Chama-se Dolores e é mais amiga que criada. É quem lhe leva a comida.

– Então a criança não corre perigo imediato?

– A Sra. Mason, a babá, jurou que não sairá de perto dele, dia e noite. Posso confiar totalmente nela. Fico mais preocupado com o pobre Jack, pois, como lhe disse em minha carta, já apanhou duas vezes dela.

– Mas nunca ficou machucado?

– Não, embora ela tenha lhe batido com força. O mais cruel é que ele é um deficiente inofensivo – as feições desoladas de Ferguson aliviaram-se quando ele falou de seu filho. – O senhor poderia pensar que as condições físicas do garoto amoleceriam o coração de qualquer um. Ele caiu, na infância, e torceu a espinha, Sr. Holmes. Mas tem o mais bondoso coração.

Holmes pegou a carta que recebera no dia anterior e a consultou.

– Que pessoas vivem na casa, Sr. Ferguson?

– Duas criadas que não estão há muito tempo conosco. Um cavalariço, Michael, que dorme dentro de casa. Minha esposa, eu, meu filho Jack, o nenê, Dolores e a Sra. Mason. E só.

– Pelo que entendi, o senhor não conhecia muito sua mulher quando se casaram?

– Eu a conhecia havia poucas semanas.

– Há quanto tempo essa Dolores está com ela?

– Alguns anos.

– Então Dolores deve conhecer melhor a personalidade de sua mulher do que o senhor?

– Pode-se dizer que sim.

Holmes fez uma anotação.

– Acredito – ele disse –, que serei mais útil em Lamberley do que aqui. Trata-se, fundamentalmente, de um caso de investigação pessoal. Já que sua esposa está trancada no quarto, nossa presença lá não pode perturbá-la. Mas é claro que ficaremos na hospedaria.

Ferguson fez um gesto de alívio.

– Era o que eu esperava, Sr. Holmes. Um trem excelente sai às duas de Victoria Station, se lhe for conveniente.

– Claro que sim. Estamos parados, no momento. Posso lhe dedicar todas as minhas energias. É claro que Watson vai conosco. Mas existem alguns pontos que eu gostaria de esclarecer antes de começar. Sua pobre esposa, pelo que entendi, atacou as duas crianças, seu filho e o nenê?

– Isso mesmo.

– Mas as agressões foram diferentes, correto? Ela bateu no seu filho.

– Uma vez com a vara e outra com as próprias mãos.

– Ela lhe deu alguma explicação por que bateu nele?

– Não, salvo que o odeia. Repetiu isso várias vezes.

– Bem, isso não é raro com madrastas. Ciúmes póstumos, digamos. Ela é ciumenta?

– Sim, muito ciumenta... ciumenta com toda a força de seu incandescente amor tropical.

– Mas o garoto tem quinze anos e deve ser muito desenvolvido mentalmente, já que o corpo é limitado em ação. Ele lhe deu alguma explicação para as agressões?

– Não, ele disse que foi sem motivo.

– E os dois já foram amigos?

– Não, nunca houve qualquer tipo de afeto entre eles.

– E mesmo assim o senhor diz que ele é afetuoso?

– Não existe, no mundo, filho mais dedicado. Minha vida é a vida dele. O que eu digo é lei para ele.

Mais uma vez, Holmes fez anotações. Depois, permaneceu algum tempo perdido em reflexões.

– Sem dúvida o senhor e o garoto eram grandes camaradas antes do segundo casamento. Vocês deviam ser muito próximos, não?

– Muito próximos.

– E o garoto, tendo uma personalidade tão afetuosa, amava, sem dúvida, a memória da mãe?

– Muito.

– Deve ser um rapaz muito interessante. Tenho outra pergunta sobre essas agressões. Os ataques estranhos ao nenê e as agressões ao seu filho foram no mesmo dia?

– No primeiro caso sim. Ela parece ter tido alguma espécie de ataque e descarregou sua raiva nos dois. No segundo caso, apenas Jack sofreu. A Sra. Mason não tem nenhuma reclamação quanto ao nenê.

– Isso complica o problema.

– Não estou lhe entendendo, Sr. Holmes.

– Provavelmente não. Formo teorias temporárias e espero que o tempo ou mais conhecimento as expandam. Um mau hábito, Sr. Ferguson, mas a natureza humana é fraca. Receio que nosso velho amigo aqui tenha exagerado meus métodos científicos. Contudo, apenas posso dizer, no momento, que seu problema não me parece insolúvel, e que pode nos esperar, amanhã, às duas horas em Victoria Station.

Era o entardecer de um dia nublado de novembro quando, tendo deixado nossa bagagem na hospedaria Chequers, em Lamberley, nos enfiamos em uma estrada longa e lamacenta, onde ventava muito, até chegarmos à antiga e isolada casa de fazenda em que Ferguson residia. Era um edifício grande e espalhado, muito antigo no centro e muito novo nas alas, com chaminés Tudor e um teto de madeira Horsham alto, manchado de líquen. Os degraus da entrada estavam gastos, formando curvas, e os ladrilhos da varanda estampavam as figuras de um queijo e um homem, de acordo com o nome do construtor original[3]. Dentro, o teto era suportado por grossas vigas de carvalho, e o chão imperfeito afundava em depressões acentuadas. Um odor senil e decadente impregnava todo o decrépito edifício.

Havia uma grande sala central, à qual Ferguson nos conduziu. Lá, numa lareira enorme, onde uma grande folha de ferro tinha a inscrição "1670", ardia um fogo esplêndido.

O aposento, olhei em redor, era uma mistura única de épocas e lugares. As paredes semirrevestidas bem poderiam ter sido decoradas pelo agricultor original, do século XVII. Sua parte inferior, contudo, era decorada com cores modernas, enquanto em cima, onde o reboco amarelo tomava o lugar do carvalho, estava pendurada uma coleção de armas e utensílios sul-americanos, que haviam sido trazidos, sem dúvida, pela senhora peruana. Holmes se levantou, com aquela curiosidade ágil que emana de sua mente impetuosa, examinou aqueles objetos com atenção e voltou com os olhos pensativos.

– Ora, ora! – exclamou.

Um cachorro que estivera deitado numa cesta no canto levantou-se e foi lentamente até seu dono, andando com dificuldade. Suas patas traseiras moviam-se com irregularidade e a cauda arrastava-se no chão. Ele lambeu a mão do Sr. Ferguson.

– O que foi, Sr. Holmes?

– O cão. Qual o problema com ele?

– Isso é o que intriga o veterinário. Um tipo de paralisia. Ele pensou em meningite, mas está passando. Logo ele estará bem... não é Carlo?

Um tremor de concordância agitou-lhe a cauda. Os olhos tristonhos do cão passaram por todos nós. Ele entendeu que discutíamos seu caso.

– Aconteceu de repente?

– Da noite para o dia.

– Quando foi?

– Há cerca de quatro meses.

– Que interessante. E que sugestivo.

– O que lhe sugere, Sr. Holmes?

– Uma confirmação daquilo que eu estava pensando.

– Pelo amor de Deus, em que está pensando, Sr. Holmes? Pode ser um mero exercício intelectual para o senhor, mas é questão de vida ou morte para mim! Minha mulher é uma assassina em potencial e meu filho está em perigo constante! Não brinque comigo, Sr. Holmes. O caso é terrivelmente sério.

---

[3] Cheeseman = cheese + man (queijo + homem).

O grande jogador de rúgbi tremia inteiro. Holmes pôs uma mão tranquilizadora em seu braço.

– Receio que sofrerá, Sr. Ferguson, qualquer que seja a solução – Holmes disse. – Vou tentar poupá-lo o máximo que puder. No momento não posso dizer mais nada, mas espero que, antes de deixar esta casa, eu tenha algo definitivo.

– Queira Deus que sim! Se me derem licença, senhores, vou subir até o quarto da minha mulher para ver se algo mudou.

Ele esteve no andar superior por alguns minutos, durante os quais Holmes tornou a examinar as curiosidades na parede. Quando nosso anfitrião voltou, ficou claro, por sua expressão de desânimo, que não houvera qualquer progresso. Com ele veio uma moça alta, magra e de pele morena.

– O chá está pronto, Dolores – disse Ferguson. – Providencie que sua patroa tenha tudo o que quiser.

– Ela muito doente – exclamou a moça, com forte sotaque espanhol. – Ela não pede comida – ela fitava o patrão com certa indignação. – Ela muito doente. Precisa médico. Eu medo ficar sozinha patroa sem médico.

Ferguson olhou para mim com uma interrogação no olhar.

– Ficarei feliz em ajudar – eu disse.

– Sua patroa receberá o Dr. Watson? – Ferguson perguntou a Dolores.

– Vou levar ele. Não pergunto. Ela precisa médico.

– Vamos logo – eu disse.

Segui a moça, que tremia de angústia, pela escada e pelo corredor. No final havia uma porta maciça com pesado ferrolho. Ocorreu-me que se Ferguson tentasse ver sua esposa à força, ele teria sérias dificuldades. A moça pegou a chave no bolso e os grandes painéis de carvalho rangeram em suas dobradiças. Entrei seguido por Dolores, que logo trancou a porta atrás de nós.

Na cama jazia uma mulher que claramente apresentava febre alta. Ela estava semiconsciente, mas, quando entrei, ergueu os olhos assustados, porém lindos, e me fitou com apreensão. Ao ver que eu era um estranho, pareceu aliviada e relaxou a cabeça no travesseiro com um suspiro. Aproximei-me tentando tranquilizá-la, e consegui que me deixasse tirar-lhe a temperatura e o pulso. Ambos estavam altos, e ainda assim tive a impressão de que aquilo se devia mais a uma agitação nervosa do que a uma doença real.

– Ela assim um dia, dois dias. Eu medo que ela morre – disse a criada.

A mulher virou seu rosto corado e atraente para mim.

– Onde está meu marido?

– Lá embaixo, e gostaria de vê-la.

– Não vou recebê-lo. Não vou recebê-lo – então pareceu se perder em delírio: – O demônio! O demônio! Oh, o que faço com esse diabo?

– Posso lhe ajudar de alguma forma?

– Não. Ninguém pode ajudar. Está acabado. Tudo destruído. Faça o que eu fizer, está tudo perdido.

A mulher devia estar muito confusa. Eu não conseguia ver um demônio no bom e velho Bob Ferguson.

– Madame – eu disse –, seu marido a ama profundamente. Ele está muito preocupado com o que está acontecendo.

Novamente ela me fitou com aqueles olhos maravilhosos.

– Ele me ama. Eu sei. Mas por acaso eu não o amo? Não o amo a ponto de me sacrificar para não o magoar? Assim é que o amo. E ele foi capaz de pensar que eu… como pôde falar daquela forma…

– Ele está magoado, mas não consegue compreender o que se passa.

– Não, ele não pode entender. Mas deveria confiar.

– A senhora não poderia recebê-lo? – sugeri.

– Não, não; não consigo esquecer aquelas palavras terríveis nem o olhar em seu rosto. Não o receberei. Agora vá. O senhor nada pode fazer por mim. Diga-lhe apenas uma coisa. Quero meu filho. Tenho direito de ficar com meu filho. Essa é a única mensagem que posso lhe mandar – ela virou o rosto para a parede e silenciou.

Voltei para a sala no térreo, onde Ferguson e Holmes continuavam sentados junto à lareira. Ferguson ouviu meu relato com tristeza.

– Como posso lhe entregar a criança? – perguntou. – Como posso saber que impulso estranho ela terá? Como hei de esquecer a forma com que ela se ergueu, do berço, com sangue nos lábios? – ele estremeceu com a lembrança. – A criança está a salvo com a Sra. Mason, e é assim que deve continuar.

Uma empregada bem vestida, a única coisa moderna que víramos naquela casa, trouxe-nos chá. Enquanto ela servia, a porta se abriu e um jovem entrou. Era um garoto de ótima aparência, de rosto pálido e cabelos claros, com olhos azuis que se acenderam de alegria quando encontraram o pai, para quem ele correu, abraçando-lhe o pescoço com ternura.

– Ah, papai – ele exclamou. – Eu não sabia que você ia voltar tão rápido. Eu tinha de estar aqui para recebê-lo. Ah, estou tão feliz que chegou!

Suavemente, Ferguson se desvencilhou do abraço, mostrando certo embaraço.

– Meu camarada – disse, passando carinhosamente a mão na cabeça do menino –, voltei mais cedo porque consegui persuadir meus amigos, o Sr. Holmes e o Dr. Watson, a virem passar a noite conosco.

– Sr. Holmes, o detetive?

– Isso mesmo.

O jovem nos fitou com olhos penetrantes e, pareceu-me, nada amistosos.

– E quanto a seu outro filho, Sr. Ferguson? – Holmes perguntou. – Posso conhecer o nenê?

– Peça à Sra. Mason que traga o nenê – disse Ferguson para o garoto, que saiu arrastando os pés de forma curiosa, o que revelou a meus olhos médicos que ele sofria da coluna.

Logo ele retornou, seguido por uma mulher alta e magra, que trazia nos braços uma criança linda, de olhos escuros e cabelo dourado; uma mistura maravilhosa de saxão e latino. Era evidente que Ferguson amava aquele nenê, pois tomou-o nos braços e acariciou-o ternamente.

– Imagine que alguém possa ter coragem de machucá-lo – disse ao olhar para a marca vermelha e irritada no pescoço daquele anjinho.

Foi nesse momento que me voltei para Holmes e percebi a intensidade de sua expressão. Seu rosto parecia talhado em marfim, e seus olhos foram, curiosos, do pai com a criança para o outro lado da sala. Acompanhando sua atenção, só pude imaginar que ele estava olhando pela janela para o jardim lá fora. É verdade que a veneziana entreaberta obstruía a visão, mas, com certeza, era na janela que Holmes concentrava-se. Então ele sorriu e voltou-se para o nenê, em cujo rosto havia a mencionada marca avermelhada. Sem falar, Holmes a examinou com cuidado. Depois, pegou e balançou uma das mãozinhas que a criança balançava à sua frente.

– Olá, homenzinho. Você começou sua vida de uma forma bem estranha. Sra. Mason, gostaria de lhe falar em particular.

Ele se afastou com a babá, com quem conversou durante alguns minutos. Só consegui ouvir as últimas palavras, que foram:

– Espero que seus temores passem em breve.

A mulher, que parecia uma criatura silenciosa e amarga, retirou-se levando o nenê.

– Como é a Sra. Mason? – perguntou Holmes.

– Por fora não impressiona muito bem, como pôde ver, mas tem um coração de ouro e adora a criança.

– Gosta dela, Jack? – Holmes perguntou ao garoto, cujo rosto expressivo logo tornou-se sombrio, enquanto balançava a cabeça negativamente.

– Jacky tem gostos e desgostos muito particulares – disse Ferguson, pondo o braço ao redor do filho. – Felizmente, ele gosta de mim.

O garoto murmurou qualquer coisa e aninhou a cabeça no peito do pai. Ferguson gentilmente desvencilhou-se do menino.

– Agora vá, meu Jacky – ele disse, e observou, com olhos ternos, o garoto se afastar. – Agora, Sr. Holmes – ele continuou, após o garoto sair –, vejo que o trouxe numa missão impossível, pois o que o senhor pode fazer, a não ser me prestar sua simpatia? Deve ser um caso excessivamente delicado e complexo, do seu ponto de vista.

– Com certeza é delicado – disse meu amigo, com um sorriso divertido –, mas até agora sua complexidade não me atingiu. Tem sido um caso para dedução intelectual, mas quando essa dedução intelectual original confirma-se ponto por ponto através de uma série de fatos independentes, o subjetivo torna-se objetivo e podemos dizer, com segurança, que atingimos nossa meta. De fato, eu já a atingira antes de deixarmos nosso apartamento na rua Baker, sendo que o resto foi mera observação e confirmação.

Ferguson levou a mão à testa, preocupado.

– Por Deus, Holmes – disse, asperamente –, se consegue ver a verdade neste caso, não me deixe em suspense. Como é que fico? O que devo fazer? Não me importa como confirmou seus fatos, desde que tenha certeza.

– Certamente que lhe devo uma explicação, e o senhor a terá. Mas será que me permite encaminhar o assunto à minha maneira? A Sra. Ferguson está em condições de nos ver, Watson?

– Sim, mas ela também está muito sensível.

– Ótimo. Somente na presença dela é que podemos esclarecer a questão. Vamos até ela.

– Ela não irá me receber – disse Ferguson.

– Ah, vai sim – disse Holmes. Ele escreveu algumas linhas numa folha de papel. – Já que você tem permissão para entrar, Watson, faça a gentileza de entregar este bilhete para a Sra. Mason?

Subi novamente e entreguei o bilhete para Dolores, que abriu cuidadosamente a porta. Um minuto depois ouvi uma exclamação lá dentro, uma exclamação que misturava alegria e surpresa. Dolores abriu a porta.

– Ela vai receber os homens. Vai ouvir – disse.

Chamei Ferguson e Holmes e os dois subiram. Ao entrarmos no quarto, Ferguson aproximou-se da mulher, que se sentara na cama. Mas ela ergueu o braço para manter o marido afastado. Este deixou-se cair numa poltrona, enquanto Holmes sentou-se ao lado dele, depois de cumprimentar a Sra. Ferguson, que o olhava espantada.

– Acho que podemos dispensar Dolores – disse Holmes. – Ah, tudo bem, madame, se prefere que ela fique, não faço objeções. Agora, Sr. Ferguson, sou um homem ocupado, que recebe muitas consultas, e meus métodos têm de ser curtos e diretos. A cirurgia mais rápida é a menos dolorosa. Primeiro deixe-me lhe contar algo que vai alegrá-lo. Sua esposa é uma mulher muito boa, muito dedicada e bastante injustiçada.

Ferguson sentou-se e soltou uma exclamação de alegria.

– Prove isso, Sr. Holmes, e serei seu devedor para sempre.

– Vou fazê-lo, mas ao mesmo tempo irei feri-lo profundamente.

– Não ligo para nada desde que inocente minha mulher. Tudo o mais é insignificante comparado a ela.

– Deixe-me lhe explicar, então, qual foi meu raciocínio ainda quando estávamos em nosso apartamento. A ideia de uma vampira era absurda para mim. Tais coisas não fazem parte da prática criminal na Inglaterra. Mesmo assim, o que o senhor viu não tinha engano: sua esposa erguendo-se, ao lado do berço, com sangue nos lábios.

– Exato.

– Não lhe ocorreu que uma ferida pode ser chupada por outro motivo que não extrair sangue? Não houve uma Rainha, na história da Inglaterra, que sugou uma ferida para extrair veneno?

– Veneno!

– Um lar sul-americano. Meus instintos sentiram a presença daquelas armas na parede antes mesmo de meus olhos as verem. Poderia ter sido algum outro veneno, mas foi o que me ocorreu. Aquele estojinho de setas vazio ao lado da zarabatana era o que eu esperava ver. Se a criança fosse atingida por uma dessas setas untada com curare ou outro veneno, estaria morta, a menos que o veneno fosse chupado para fora. E o cachorro! Se alguém quisesse usar o veneno, talvez o experimentasse antes em um animal para testar seu poder. Eu não tinha previsto o cachorro, mas, quando o vi, compreendi como ele se encaixava na minha dedução. Agora o senhor compreende? Sua mulher temia um ataque. Ela viu quando aconteceu e salvou a vida do nenê. Ainda assim, ela não quis lhe contar, pois sabia que o senhor amava o garoto e temeu magoá-lo profundamente.

– Jacky!

– Agora há pouco, enquanto o senhor acariciava o nenê, eu observei o garoto. Seu rosto estava refletido claramente no vidro da janela. Eu percebi a inveja, um ódio cruel como raras vezes vi num rosto humano.

– Meu Jacky!

– Precisa encarar os fatos, Sr. Ferguson. É ainda mais doloroso porque se trata de um amor distorcido, um amor exagerado pelo senhor, e possivelmente pela mãe falecida, que ocasionou essa ação. A alma do menino está consumida de ódio por seu belo nenê, cuja saúde e beleza contrastam com a fraqueza de Jack.

– Bom Deus! Será possível?

– Falei a verdade, madame? – Holmes perguntou à Sra. Ferguson.

A mulher soluçava, com o rosto enterrado nas mãos. Então ela se voltou para o marido.

– Como eu poderia lhe contar, Bob? Eu sabia que golpe isso seria em você. Era melhor que eu esperasse até que a verdade viesse de outros lábios que não os meus. Quando este cavalheiro, que parece ter o poder de um mágico, me escreveu dizendo que sabia de tudo, fiquei aliviada.

– Minha recomendação para Jack seria um ano no mar – disse Holmes, erguendo-se de sua cadeira. – Apenas um ponto, madame. Compreendemos a natureza de suas agressões ao garoto Jack. Há um limite para a paciência de uma mãe. Mas como teve coragem de deixar seu filho nestes dois dias?

– Eu contei à Sra. Mason. Ela sabia.

– Perfeito. Foi o que imaginei.

Ferguson estava de pé, ao lado da cama, engasgado de emoção.

– Acredito, Watson, que devemos partir agora – Holmes sussurrou. – Vamos acompanhar Dolores até a saída. Agora – ele continuou depois que a porta se fechou às nossas costas –, acho que podemos deixá-los tomar suas próprias providências.

Só tenho mais uma nota deste caso. É a carta com a qual Holmes respondeu à correspondência que iniciou esta narrativa. Ela diz o seguinte:

Rua Baker, 21 de novembro.

Re: Vampiros

Senhor,

Com referência à sua carta do dia 19, informo-lhe que investiguei o problema de seu cliente, Sr. Robert Ferguson, da Ferguson & Muirhead, comerciantes de chá, da travessa Mincing, e que o assunto foi concluído de forma satisfatória. Muito grato por sua recomendação,

Sinceramente,

Sherlock Holmes

Os Três Garridebs

Pode ter sido uma comédia, ou talvez uma tragédia. Custou a sanidade mental de um homem, uma hemorragia para mim e a um terceiro homem as penas da lei. Ainda assim, houve um toque de comédia. Bem, julguem vocês mesmos.

Lembro-me muito bem da data, pois foi no mesmo mês em que Holmes recusou um título de Cavaleiro por serviços que, talvez, um dia possam ser descritos. Menciono o fato apenas de passagem, pois minha posição de parceiro e confidente me obrigam a tomar cuidado para evitar qualquer indiscrição. Repito, contudo, que tal fato me permite estabelecer a data, final de junho de 1902, pouco depois do final da Guerra Sul-africana. Holmes passara diversos dias na cama, hábito que exercia de tempos em tempos, mas naquela manhã levantara trazendo um documento na mão e um brilho de divertimento nos severos olhos cinzentos.

– Existe uma possibilidade para você ganhar algum dinheiro, caro Watson – ele disse. – Já ouviu falar do nome "Garrideb"?

Admiti que não.

– Bem, se conseguir encontrar um Garrideb, conseguirá dinheiro.

– Por quê?

– Ah, é uma história comprida... e bem esquisita também. Acho que em todas as nossas explorações das complexidades humanas, nunca nos deparamos com algo mais singular. O sujeito vai chegar a qualquer momento para conversarmos, de modo que não vou entrar no assunto até ele chegar. De qualquer forma, esse é o nome que queremos.

A lista telefônica estava sobre a mesa ao meu lado, e eu, sem esperanças, comecei a virar suas páginas. Mas, para meu espanto, aquele nome estranho constava no lugar devido. Soltei uma exclamação de triunfo.

– Aqui está, Holmes! Aqui está!

Holmes pegou a lista das minhas mãos.

– "Garrideb, N." – leu – "Rua Little Ryder, 136 Oeste." Sinto desapontá-lo, meu caro Watson, mas este é o próprio. É o endereço na carta que recebi. Precisamos de outro para conseguirmos um par.

A Sra. Hudson trouxe um cartão de visitas na salva. Peguei-o e li o nome.

– Ora, aqui está! – exclamei, surpreso. – É uma inicial diferente. John Garrideb, Advogado, Moorville, Kansas, Estados Unidos da América.

Holmes sorriu ao examinar o cartão.

– Sinto lhe dizer que precisa se esforçar mais, Watson – disse.

– Este cavalheiro também já faz parte da história, embora eu não esperasse vê-lo esta manhã. Contudo, ele pode nos contar muito do que eu desejo saber.

Logo depois, ele estava na sala. O Sr. John Garrideb, advogado, era baixo e forte, com o rosto redondo bem barbeado, característico dos homens de negócios americanos. Mas o efeito geral era meio gorducho e infantil, de forma que se tinha a impressão de um homem muito novo com um sorriso largo no rosto. Os olhos, contudo, eram arrebatadores. Raras vezes vi, em qualquer cabeça humana, outro par que transmitisse tanto sentimento, que fosse tão alerta e sensível. Seu sotaque era americano, mas não carregava nenhuma excentricidade linguística.

– Sr. Holmes? – perguntou, olhando de um para o outro. – Ah, sim! Seus retratos lhe são fiéis, meu senhor, se posso dizê-lo. Acredito que recebeu uma carta de meu homônimo, o Sr. Nathan Garrideb, certo?

– Por favor, sente-se – disse Sherlock Holmes. – Acredito que temos muito para discutir – ele pegou as folhas de papel. – O senhor é, obviamente, o John Garrideb mencionado neste documento. Mas já faz algum tempo que o senhor está na Inglaterra?

– Por que diz isso, Sr. Holmes?

Pareceu-me ver uma suspeita repentina naqueles olhos expressivos.

– Suas roupas são todas inglesas.

O Sr. Garrideb forçou uma risada.

– Já li a respeito dos seus truques, Sr. Holmes, mas nunca pensei que seria alvo deles. Como soube disso?

– O corte dos ombros do seu casaco, os dedos dos sapatos… será que existe alguma dúvida?

– Ora, ora, não fazia ideia que eu era um britânico tão óbvio. Os negócios me trouxeram há algum tempo e, como o senhor diz, praticamente todo o meu traje foi comprado em Londres. Contudo, imagino que seu tempo é valioso, e não nos encontramos para falar do corte das minhas meias. Que tal nos voltarmos para esse papel que está em suas mãos?

De algum modo, Holmes havia desagradado nosso visitante, cujo rosto gorducho assumira uma expressão menos amigável.

– Paciência! Paciência, Sr. Garrideb! – disse meu amigo com voz tranquilizadora. – O Dr. Watson aqui pode lhe confirmar que minhas pequenas digressões às vezes mostram relação com o assunto. Mas por que o Sr. Nathan Garrideb não veio junto?

– E por que ele o envolveu nisto, afinal? – perguntou nosso visitante, numa repentina explosão de raiva. – Que diabos o senhor tem que ver com o caso? Era um negócio profissional discutido entre dois cavalheiros e um deles precisa chamar um detetive! Eu o vi esta manhã, ele me contou sobre este truque que aplicou em mim, e aqui estou. Mas isto me deixa desconfortável, fique sabendo.

– Não há nada contra o senhor. Foi simplesmente uma questão de zelo da parte dele para garantir sua parte – algo que, pelo que entendi, é vital para ambos. Ele sabia que eu poderia conseguir as informações e, portanto, foi natural que viesse me procurar.

O rosto irado de nosso visitante foi se acalmando aos poucos.

– Bem, assim é diferente – ele disse. – Quando fui vê-lo esta manhã e ele me contou que enviara o caso para um detetive, pedi seu endereço e vim imediatamente. Não quero a polícia se metendo num assunto particular. Mas se o senhor vai apenas nos ajudar a encontrar o homem, creio que não há nenhum mal.

– Essa é a situação – disse Holmes. – E agora, meu senhor, já que está aqui, é melhor ouvirmos a história da sua própria boca. Meu amigo não sabe dos detalhes.

Garrideb dirigiu-me um olhar não muito amistoso.

– Ele precisa saber? – perguntou.

– Normalmente nós trabalhamos juntos.

– Bem, não há motivo para que seja feito segredo. Vou lhe contar os fatos o mais resumidamente que conseguir. Se o senhor fosse do Kansas, eu não precisaria lhe explicar quem é Alexander Hamilton Garrideb. Ele ganhou seu dinheiro com imóveis e, depois, com um entreposto de trigo em Chicago. E se pôs a comprar tanta terra que daria um dos seus condados ingleses. Essas propriedades ficam ao longo do rio Arkansas, a oeste de Forte Dodge. Terra fértil, terra para madeireira, terra para mineração e todo tipo de terra que traz dólares para o homem que a possui.

“Não temos nenhum parentesco – ou, se temos, eu não sabia. Mas ele tinha certo orgulho da esquisitice do seu nome. Foi isso que nos reuniu. Eu estava em Topeka e, certo dia, recebi uma visita do velho, que estava maravilhado por encontrar alguém com o mesmo sobrenome que ele. O Sr. Alexander Garrideb se apegou a mim e ficou determinado a descobrir se havia outros Garridebs no mundo. 'Encontre-me outro! ', ele disse. Eu lhe contei que era um homem de negócios e não poderia passar a vida percorrendo o mundo em busca de Garridebs. 'Apesar disso', ele disse, 'isso é o que fará se as coisas saírem como eu planejei.' Pensei que estava brincando, mas eu logo descobriria que aquelas palavras eram para valer.

"Ele morreu um ano depois de dizê-las, deixando um testamento. Era o testamento mais estranho que já fora registrado no Estado de Kansas. Sua propriedade tinha sido dividida em três partes, e eu receberia uma delas se encontrasse dois Garridebs, que receberiam as outras duas. São cinco milhões para cada um, mas não podemos colocar a mão no dinheiro se não formos três.

"A oportunidade era tão boa que deixei de lado meu escritório de advocacia e saí em busca dos Garridebs. Não há mais nenhum nos Estados Unidos. Passei um pente fino no país e não encontrei nenhum Garrideb. Então vim para a pátria-mãe. É claro que havia o nome do John Garrideb na lista telefônica de Londres. Eu fui atrás dele, há dois dias, e lhe expliquei a situação. Mas ele é um homem solitário, como eu, e tem somente algumas mulheres na família, nenhum homem. E o testamento diz que devem ser três homens adultos. De modo que, como podem ver, ainda temos uma vaga. Se puderem nos ajudar a preenchê-la, ficaremos felizes em lhes pagar seus vencimentos."

– Bem, Watson – disse Holmes, sorrindo –, eu disse que era uma história esquisita, não disse? Eu diria, meu senhor, que o mais óbvio seria colocar anúncios nas colunas pessoais dos jornais.

– Já fiz isso, Sr. Holmes. Não obtive resposta.

– Ora essa! Bem, certamente esse é um probleminha e tanto. Vou ver o que faço, em meu tempo livre. A propósito, é interessante que o senhor seja de Topeka. Eu tinha um correspondente lá, que agora está morto, o Dr. Lysander Starr, prefeito em 1890.

– O bom e velho Dr. Starr! – disse nosso visitante. – Seu nome ainda é lembrado com saudade. Bem, Sr. Holmes, suponho que tudo o que podemos fazer é trazer-lhe qualquer novidade que tenhamos. Imagino que em dois dias terá notícias.

Com essa afirmação, nosso americano despediu-se e foi embora. Holmes acendeu o cachimbo e permaneceu sentado durante algum tempo, com um sorriso curioso no rosto.

– Então? – eu perguntei, afinal.

– Estou pensando, Watson… apenas pensando.

– Em quê?

Holmes tirou o cachimbo dos lábios.

– Eu pensava, Watson, qual seria o objetivo desse homem em nos contar tantas mentiras. Quase lhe perguntei isso, pois há ocasiões em que um ataque frontal desses é a melhor política. Mas achei melhor deixá-lo pensar que nos enganou. Esse homem vestia um casaco inglês gasto nos cotovelos e calças com marcas nos joelhos; roupas com um ano de uso, e no entanto, pela carta e por sua própria história, é um americano provinciano que chegou há pouco em Londres. Nenhum anúncio foi colocado nas colunas pessoais, pois, como você sabe, eu não perco nada que sai nelas. Uso-as bastante em minhas investigações, e não deixaria passar um caso desses. E também nunca conheci esse Dr. Lysander Starr, de Topeka. Escolha qualquer parte dessa história e encontrará uma mentira. Acredito que o sujeito é realmente americano, mas seu sotaque foi se suavizando em anos de Londres. Qual é o joguinho dele, afinal, e o que está por trás dessa absurda busca por Garridebs? O caso merece nossa atenção, contudo, pois acreditando-se que esse homem está aprontando alguma, deve ser algo complexo e engenhoso. Precisamos descobrir se nosso outro correspondente também é uma fraude. Ligue para ele, Watson.

Foi o que fiz, e ouvi uma voz tênue, trêmula, do outro lado da linha.

– Sim, sim, sou Nathan Garrideb. O Sr. Holmes está aí? Eu gostaria muito de trocar uma palavra com ele.

Meu amigo pegou o telefone e ouvi a conversa de sempre.

– Sim, ele esteve aqui. Imagino que o senhor não o conhece... Há quanto tempo?... Apenas dois dias!... É uma perspectiva interessante. O senhor vai estar em casa, esta noite? Suponho que o outro Garrideb não vai estar aí?... Muito bem, nós iremos, então, pois prefiro conversar sem a presença dele... O Dr. Watson irá comigo... Entendi, por sua carta, que o senhor não sai muito... Bem, verei o senhor às seis. Não precisa mencionar isso ao advogado americano... Muito bem... Até logo.

Era o anoitecer de um agradável dia de primavera, e até a rua Little Ryder, uma das menores travessas da avenida Edgware, a pouca distância da velha Tyburn Tree, de triste memória, estava dourada e belíssima sob os raios oblíquos do sol poente. A casa específica a que nos dirigíamos era grande e antiquada, um edifício em estilo georgiano, com a fachada reta em tijolo aparente quebrada apenas por duas grandes *bay windows* no térreo. Era nesse piso que nosso cliente morava e, na verdade, aquelas janelas ficavam na frente da sala imensa em que ele passava seus dias. Quando passamos pela placa metálica com o nome do proprietário, Holmes apontou para ela.

– Está aí há alguns anos, Watson – ele observou, apontando para a superfície gasta. – Pelo menos é o nome verdadeiro dele, o que é algo para se reparar.

A casa tinha uma escada, e no vestíbulo havia nomes pintados na parede, indicando escritórios e aposentos particulares. Não se tratava de apartamentos residenciais, mas das residências de solteirões boêmios. Nosso cliente abriu a porta e se desculpou, dizendo que a criada saíra às quatro horas. O Sr. Nathan Garrideb era um homem bastante alto, desconjuntado, corcunda, magro e careca, com cerca de sessenta anos de idade. Tinha o rosto cadavérico, e sua pele sem lustro mostrava que não sabia o que era exercício. Óculos redondos e um cavanhaque pontudo combinavam com sua postura curva para lhe conferir um ar de curiosidade. O efeito geral, contudo, era amistoso, ainda que excêntrico.

A sala era tão interessante quanto seu ocupante. Parecia um pequeno museu. Era larga e comprida, com armários e gabinetes por todo lado, abarrotados de espécimes anatômicos e geológicos. Estojos de borboletas e mariposas flanqueavam os dois lados da entrada. Uma mesa grande no centro estava coberta de todo tipo de entulho, enquanto o alto tubo de metal de um microscópio poderoso brilhava no meio dessa bagunça. Enquanto olhava em redor, fiquei surpreso pelo ecletismo dos interesses daquele homem. Num canto havia um estojo de moedas antigas. No outro, um armário com ferramentas de pedra. Atrás da mesa central havia um móvel cheio de ossos fósseis. E acima, na prateleira, havia uma fileira de crânios com os nomes "Neanderthal", "Heidelberg", "Cro-magnon" escritos abaixo deles. Era óbvio que ele estudava diversos assuntos. Parado à nossa frente, segurava na mão direita um pedaço de camurça, com o qual estivera polindo uma moeda.

– De Siracusa, em seu melhor período – ele explicou, erguendo-a. – Eles degeneraram muito, perto do fim. Em seu ápice eram os melhores, embora alguns prefiram a escola alexandrina. O senhor vai encontrar uma cadeira ali, Sr. Holmes. Permita-me retirar estes ossos. E o senhor... ah sim, Dr. Watson... se tiver a bondade de colocar o vaso japonês de lado... Os senhores veem, ao redor, meus pequenos interesses na vida. Meu médico diz que preciso tomar sol e ar de vez em quando, mas por que eu iria querer sair, com tantas coisas para me entreter aqui? Para catalogar o conteúdo de um desses armários eu levaria três bons meses.

Holmes olhou em redor com curiosidade.

– Quer dizer que o senhor *nunca* sai? – perguntou.

– De vez em quando vou até a Sotheby's ou a Christie's. Fora isso, raramente saio. Não sou muito forte, e minhas pesquisas muito me absorvem. Pode imaginar, Sr. Holmes, que choque, agradável, mas impactante, foi saber dessa fortuna sem igual. Só falta um Garrideb para completar a exigência, e certamente o encontraremos. Eu tinha um irmão, mas ele morreu, e as mulheres não servem. Mas acredito que existam outros no mundo. Ouvi dizer que o senhor já cuidou de casos estranhos, e foi por isso que resolvi procurá-lo. É claro que o cavalheiro americano tem razão; eu deveria tê-lo consultado antes, mas agi com boas intenções.

– Acredito que o senhor agiu sabiamente – disse Holmes. – Mas está realmente ansioso para conseguir uma propriedade na América?

– Claro que não, meu senhor. Nada me faria abandonar minha coleção. Mas o cavalheiro americano me garantiu que irá comprar minha parte assim que fizermos valer nossos direitos. Ele me falou em cinco milhões de dólares. Existem, no mercado, dezenas de espécimes que preencheriam lacunas na minha coleção, os quais não posso comprar porque me faltam algumas centenas de libras. Pense no que eu poderia fazer com cinco milhões de dólares. Ora, eu já tenho o núcleo de uma coleção nacional. Eu seria o Hans Sloane de nossa época.

Seus olhos brilharam por trás dos grandes óculos. Estava claro que o Sr. Nathan Garrideb não pouparia esforços para encontrar um parente.

– Eu vim apenas para lhe conhecer, e não há motivo para interromper seus estudos – disse Holmes. – Gosto de fazer contato pessoal com aqueles para quem trabalho. Existem umas poucas perguntas que eu gostaria de fazer, pois já me contou sua história na carta que trago no bolso, e preenchi as lacunas com a visita do americano. Pelo que entendi, até esta semana o senhor não o conhecia.

– Exatamente. Ele apareceu na terça-feira.

– Ele lhe contou de nosso encontro?

– Contou. Ele veio direto até mim. Estava muito bravo antes de ir até o senhor.

– E por que estaria bravo?

– Parece que ele pensava que eu contratá-lo jogava alguma dúvida sobre sua honra. Mas ele estava alegre novamente quando retornou.

– Ele sugeriu alguma ação a ser tomada?

– Não, senhor.

– Ele pediu ou recebeu algum dinheiro do senhor?

– Não, nunca!

– O senhor imagina o que ele pode estar querendo?

– Nada além do que me falou.

– Contou-lhe de nossa conversa ao telefone?

– Sim, contei-lhe.

Holmes perdeu-se em seus pensamentos. Percebi que ele estava confuso.

– O senhor tem algum artigo muito valioso em sua coleção? – o famoso detetive perguntou.

– Não, pois não sou rico. É uma boa coleção, mas não muito valiosa.

– O senhor tem medo de ladrões?

– Não.

– Há quanto tempo mora aqui?

– Quase cinco anos.

O interrogatório de Holmes foi interrompido por fortes batidas na porta. Mal nosso cliente a destrancou e o advogado americano irrompeu, alvoroçado, na sala.

– Aqui está! – ele exclamou, agitando um jornal no ar. – Esperava chegar cedo para encontrá-lo. Sr. Nathan Garrideb, meus parabéns! É um homem rico, meu senhor. Nossos negócios estão concluídos alegremente e tudo está bem. Quanto ao Sr. Holmes, só nos resta dizer que sentimos muito pelo trabalho desnecessário.

Ele entregou o jornal ao nosso cliente, que leu o anúncio marcado. Holmes e eu lemos por sobre seu ombro:

HOWARD GARRIDEB

Fabricante de máquinas agrícolas.

Colheitadeiras, arados manuais e a vapor, semeadeiras, carretas rurais e todos os outros equipamentos.

Orçamentos para poços artesianos.

Edifícios Grosvenor, Aston.

– Maravilha! – nosso hóspede soluçou. – Temos aí nosso terceiro homem.

– Fiz algumas investigações em Birmingham – disse o americano –, e meu representante lá enviou-me esse anúncio, publicado no jornal local. Precisamos correr e concluir o negócio. Escrevi a esse homem dizendo-lhe que o senhor iria vê-lo em seu escritório amanhã às quatro horas.

– Quer que *eu* vá vê-lo?

– O que me diz, Sr. Holmes? Não acha que seria mais sensato? Aqui estou eu, um viajante americano contando uma história maravilhosa. Por que ele acreditaria em mim? Mas o senhor é um britânico, com referências sólidas. É provável que ele lhe dê ouvidos. Eu iria com o senhor, se fosse sua vontade, mas tenho um dia muito ocupado, amanhã. E sempre poderei ir encontrá-lo se tiver algum problema.

– Bem, há anos que não faço uma viagem dessas.

– Não é nada demais, Sr. Garrideb. Eu já planejei tudo. O senhor sai ao meio-dia e deve chegar lá às duas. E pode voltar à noite. Tudo o que tem a fazer é falar com esse homem, explicar a questão e conseguir um documento que prove sua existência. Por Deus! – ele acrescentou, alterado. – Considerando que viajei desde o coração da América, não é muito se o senhor percorrer cento e poucos quilômetros para resolver o assunto.

– É verdade – disse Holmes. – Concordo com o que este senhor está dizendo.

Nathan Garrideb deu de ombros, desconsolado.

– Já que insistem, eu irei – disse. – De qualquer forma, para mim é difícil recusar-lhe qualquer coisa, considerando a esperança que o senhor injetou em minha vida.

– Então está combinado – disse Holmes. – E espero que o senhor me ponha a par das novidades assim que possível.

– Vou providenciar isso – respondeu o americano. – Bem – acrescentou, consultando o relógio –, tenho de ir. Virei amanhã, Sr. Nathan, para acompanhá-lo até a estação. Vem comigo, Sr. Holmes? Não? Bem, até logo e espero que amanhã à noite tenhamos boas notícias para lhe dar.

Depois que o americano saiu, reparei que o rosto do meu amigo se desanuviou e sua expressão de perplexidade desaparecera.

– Eu gostaria de conhecer sua coleção, Sr. Garrideb – ele disse. – Na minha profissão, todo tipo de conhecimento exótico é útil, e seu apartamento é muito rico nesse aspecto.

Nosso cliente brilhou de satisfação e seus olhos cintilaram por trás dos grandes óculos.

– Sempre ouço dizer que o senhor é muito inteligente – ele disse. – Posso lhe mostrar a coleção agora, se tiver tempo.

– Infelizmente, não tenho. Mas os espécimes estão tão bem classificados e identificados que dificilmente precisam de explicação. Se puder vir amanhã, existiria alguma objeção quanto a eu dar uma olhada?

– Absolutamente. O senhor é muito bem-vindo. O apartamento estará fechado, claro, mas a Sra. Saunders, que fica no porão até às quatro horas, tem uma chave e poderá abrir para o senhor.

– Ora, amanhã à tarde estarei livre. Se o senhor puder avisar a Sra. Saunders, fica tudo combinado. A propósito, qual imobiliária lhe alugou o apartamento?

Nosso cliente ficou pasmo com a mudança de assunto.

– Holloway & Steele, na Av. Edgware. Mas por quê?

– Eu sou um pouco arqueólogo quando se trata de casas – disse Holmes, rindo. – Eu imaginava se o estilo desta era georgiano ou rainha Anne.

– Georgiano, sem dúvida.

– É verdade. Eu deveria ter chegado a essa conclusão antes. Contudo, é fácil de confirmar. Bem, até logo, Sr. Garrideb, e sucesso em sua viagem a Birmingham.

A imobiliária ficava perto dali, mas já estava fechada, àquela hora, de modo que voltamos para a rua Baker. Só depois do jantar Holmes retomou o assunto.

– Nosso probleminha está perto de uma solução – disse. – Sem dúvida você mesmo já o resolveu.

– Confesso que não vejo sentido nisso tudo.

– Bem, é tudo bastante sugestivo, mas a conclusão virá amanhã. Não reparou em nada de estranho naquele anúncio?

– A palavra "arado" estava escrita de forma errada[4].

– Ah, você reparou nisso, não foi? Ora, ora, Watson, você melhora a cada dia. Exatamente, era mau inglês, mas bom americano. A gráfica imprimiu conforme o original. E as colheitadeiras. Isso é americano também. E poços artesianos são mais comuns lá do que aqui. Era um anúncio tipicamente americano, mas supostamente feito por uma firma inglesa. O que você deduz disso?

– Só consigo pensar que foi o próprio advogado americano quem colocou o anúncio. Mas não entendo seu objetivo.

– Bem, existem algumas explicações possíveis. De qualquer forma, ele queria que aquele bom velhote fosse para Birmingham. Isso está muito claro. Eu poderia ter-lhe contado que estava embarcando numa viagem sem sentido, mas, pensando bem, achei que seria melhor preparar o terreno deixando-o ir. Amanhã, Watson… bem, amanhã teremos as respostas.

Holmes levantou e saiu cedo. Ao voltar, na hora do almoço, reparei que ele parecia muito sério.

– O assunto é muito mais grave do que eu esperava, Watson – disse. – Tenho de lhe contar isso, embora saiba que será um motivo a mais para você querer se colocar em perigo. Eu já conheço bem o meu Watson. Mas o perigo é real, e eu preciso lhe contar.

– Bem, não é a primeira vez que passamos por isso juntos, Holmes. Espero que não seja a última. Qual é o perigo, desta vez?

---

[4] No original, o anúncio grafava "plow" (arado), quando o correto em inglês britânico seria "plough". Durante esta conversa com Watson, Holmes fala de outras palavras e expressões que, em língua inglesa, fazem mais sentido para um americano que para um inglês. (N.T.)

– Estamos enfrentando criminosos de verdade. Identifiquei o Sr. John Garrideb, advogado. Ele é ninguém menos que o "Matador" Evans, de reputação terrível e assassina.

– Isso não me diz nada.

– Ah, é que não faz parte da sua profissão ter na memória uma lista de todos os condenados de Londres. Estive falando com nosso amigo Lestrade, na Scotland Yard. Eles podem não ter muita imaginação, mas são metódicos e meticulosos como ninguém. Ocorreu-me que poderíamos encontrar algo sobre nosso amigo americano nos registros da Yard. É claro que encontrei aquele rosto gorducho sorrindo para mim entre os retratos de "Procura-se". James Winter, também conhecido como Morecroft, ou ainda Matador Evans eram os nomes embaixo do retrato – Holmes pegou um envelope do bolso. – Anotei alguns pontos de sua ficha: 44 anos de idade, nativo de Chicago. Matou três homens a tiros nos Estados Unidos. Escapou da prisão através de influência política. Chegou a Londres em 1893. Atirou num homem durante um jogo de cartas numa casa noturna na av. Waterloo em janeiro de 1895. O homem morreu, mas foi demonstrado que ele tinha sido o agressor na briga. Foi identificado como Rodger Presbury, famoso falsificador de Chicago. Matador Evans foi libertado em 1901. Tem estado sob supervisão policial desde então e, pelo que se sabe, leva uma vida honesta. Homem muito perigoso, normalmente anda armado e sabe usar suas armas. Esse é o nosso pássaro, Watson; uma ave de rapina, como deve ter notado.

– Mas o que ele está caçando?

– Bem, estamos chegando lá. Estive na imobiliária. Nosso cliente, como ele mesmo já nos tinha informado, mora há cinco anos naquele apartamento. Antes disso, o imóvel ficara um ano vazio. O inquilino anterior era um tal senhor Waldron, cuja aparência era bem lembrada na imobiliária. Ele desaparecera, repentinamente, e nada mais se soube a seu respeito. Era alto, barbado e moreno. Presbury, o homem que Matador Evans liquidou, era, de acordo com a Scotland Yard, alto, barbado e moreno. Como hipótese para trabalharmos, acredito que podemos assumir que foi Presbury, o criminoso americano, quem morou no mesmo apartamento em que hoje nosso inocente Garrideb mantém seu museu. Finalmente conseguimos juntar os pontos da história, como vê.

– E agora?

– Precisamos ir lá descobrir.

Ele pegou um revólver na gaveta e o entregou a mim.

– Já estou com meu favorito. Se nosso amigo do Oeste Selvagem tentar fazer jus ao seu nome, estaremos prontos para ele. Vou lhe dar uma hora para descansar, Watson, e então estará na hora de nossa aventura na rua Ryder.

Às quatro horas chegamos ao estranho apartamento de Nathan Garrideb. A Sra. Saunders, a empregada, estava para sair, mas não hesitou em nos deixar entrar, pois a porta tinha uma fechadura de mola, e Holmes prometeu acioná-la ao sair. Pouco depois, a porta externa foi fechada e o chapéu da mulher passou pela janela. Estávamos sozinhos. Rapidamente, Holmes examinou o local. Um dos armários, que ficava num canto escuro, estava distante da parede. Foi atrás desse que nós nos escondemos, enquanto Holmes, sussurrando, discorria sobre o caso.

– Ele queria fazer nosso amigo sair do apartamento, isso está muito claro. Mas, como o colecionador nunca saía, ele precisou inventar essa história. Aparentemente, toda essa conversa de Garridebs não tinha outra finalidade. Devo reconhecer, Watson, que existe certa engenhosidade no plano, ainda que o nome estranho do inquilino tenha lhe dado uma oportunidade que ele não esperava. Ele teceu esta trama com muita astúcia.

– Mas o que ele quer?

– É para descobrir isso que estamos aqui. Não tem nada a ver com nosso cliente, pelo que entendi até agora. É algo relacionado ao sujeito que ele matou, que era seu cúmplice no crime. Existe algum segredo criminoso neste apartamento. É assim que vejo. A princípio pensei que nosso cliente tivesse algo em sua coleção que valesse muito mais do que ele imaginava, algo que chamasse a atenção de um grande criminoso. Mas o fato de Rodger Presbury, de triste memória, ter morado neste local aponta para alguma razão mais séria. Bem, Watson, não podemos senão nos armar de paciência e esperar para ver.

Não esperamos muito. Encolhemo-nos mais na sombra quando ouvimos a porta externa ser aberta e depois fechada. Então veio o ruído metálico e agudo da chave sendo girada e o americano entrou no apartamento. Ele fechou a porta cuidadosamente atrás de si, olhou em redor para conferir se estava tudo bem, tirou o casaco e foi até a mesa central, com uma atitude de quem sabe exatamente o que precisa fazer e como deve fazê-lo. O americano empurrou a mesa para o lado e puxou o quadrado de carpete sobre o qual ela ficava, enrolando-o sobre uma das pontas. Então, pegando o pé de cabra que trouxera, ajoelhou-se e começou a trabalhar vigorosamente no assoalho. Então ouvimos o som de tábuas deslizando e um quadrado foi aberto no chão. Matador Evans riscou um fósforo, acendeu um toco de vela e desapareceu de nossa visão.

Claramente, aquela era nossa deixa. Holmes tocou-me o braço e, juntos, deslizamos até o alçapão aberto. Ainda que nos movêssemos com cuidado, contudo, o piso antigo rangeu sob nossos pés, e a cabeça do americano, olhando ansiosamente em redor, emergiu do buraco. Seu rosto virou-se para nós mostrando um lampejo de raiva sufocada, que gradualmente transformou-se num sorriso envergonhado quando ele percebeu que dois revólveres apontavam para sua cabeça.

– Ora, ora! – disse, com frieza, enquanto voltava à superfície. – Acho que o senhor foi demais para mim, Sherlock Holmes! Não se convenceu com a minha história, suponho, e desde o início sabia que eu estava armando esta. Bem, tenho de admitir, conseguiu me derrotar e...

Num instante ele sacou o revólver do paletó e disparou duas vezes. Senti um ardor como se ferro em brasa tivesse encostado em minha coxa. Holmes desceu sua pistola sobre a cabeça do bandido, produzindo um estalo. Enquanto ele se estatelava no chão, com sangue escorrendo pelo rosto, Holmes revistou-o para ver se achava mais armas. Então os braços magros do meu amigo me tomaram e conduziram para uma cadeira.

– Está ferido, Watson? Pelo amor de Deus, diga que não está ferido!

Bem valia uma ferida – valia muitas feridas – conhecer o alcance da lealdade e da amizade que jaziam por detrás daquela máscara de indiferença. Por um instante, os olhos claros e duros ficaram umedecidos e os lábios firmes tremeram. Pela primeira e única vez pude ver o grande coração que fazia par com aquele grande cérebro. Todos os meus anos de serviço simples, mas dedicado, foram compensados naquele momento de revelação.

– Não foi nada, Holmes. É só um arranhão.

Com seu canivete, ele cortou minha calça na altura do ferimento.

– Tem razão – exclamou, com um imenso suspiro de alívio. – Foi bem superficial. – Seu rosto endureceu quando se voltou para o prisioneiro. – Por Deus, que bom para você. Se tivesse matado Watson, não sairia vivo desta sala. Agora, meu caro, o que tem a dizer em sua defesa?

Ele nada tinha a dizer em sua defesa. Ainda caído, torceu o canto da boca. Apoiei-me em Holmes e, juntos, olhamos para o pequeno porão que fora revelado pelo alçapão secreto. Continuava iluminado pela vela que Evans levara com ele. Vimos um maquinário enferrujado, rolos de papel, muitas garrafas e, arrumados sobre uma mesinha, uma boa quantidade de pacotes.

– Uma impressora. Uma gráfica para falsificação – disse Holmes.

– Sim, senhor – disse nosso prisioneiro, erguendo-se lentamente e deixando-se cair na cadeira –, a maior operação de falsificação que Londres já viu. Essa é a impressora de Presbury, e aqueles pacotes na mesinha são duas mil notas, cada uma valendo cem libras, boas o bastante para serem aceitas em qualquer lugar. Sirvam-se, senhores. Vamos fechar o negócio e me deixem ir embora.

Holmes riu.

– Não trabalhamos assim, Sr. Evans. Não há escapatória para você neste país. Atirou nesse tal Presbury, não foi?

– Sim, senhor, e peguei cinco anos por isso, embora ele tenha sacado primeiro. Cinco anos... quando merecia uma medalha do tamanho de um prato de sopa. Ninguém consegue diferenciar uma nota de Presbury de outra do Banco Central da Inglaterra, e se eu não tivesse acabado com ele, o bandido teria inundado Londres com seu dinheiro. Eu era o único homem no mundo que sabia onde ele fazia suas notas. Dá para imaginar, então, o quanto eu queria revirar este lugar? E quando eu encontrei esse maluco caçador de borboletas com o tal nome esquisito, que nunca saía daqui, precisei arrumar um jeito para afastá-lo. Talvez eu tivesse feito melhor acabando com ele. Teria sido muito fácil, mas tenho o coração mole e não consigo começar a atirar a menos que o outro também tenha uma arma. Mas diga-me, Sr. Holmes, o que fiz de errado? Não usei esta impressora. Não machuquei o velhote. De que sou acusado?

– Tentativa de assassinato, para começar – disse Holmes. – Mas essa não é minha função. A polícia assume a partir daqui. O que nós queríamos, apenas, era você. Por favor, Watson, telefone para a Scotland Yard. Eles estão esperando.

Esses foram os fatos do caso de Matador Evans e sua formidável invenção dos três Garridebs. Depois soubemos que nosso pobre cliente nunca mais se recuperou do choque que foi a perda de seus sonhos. Quando seu castelo nas nuvens caiu, ele ficou sob os escombros. Na última vez que ouvimos falar dele, estava num asilo, em Brixton. A polícia ficou feliz em descobrir a gráfica de Presbury, porque, embora soubessem que ela existia, nunca puderam, após a morte do homem, descobrir onde ficava. Sem dúvida, Evans prestara um valioso serviço, que permitiu aos homens do Departamento de Investigações Criminais dormirem melhor, pois os falsificadores são um perigo para o país. Eles teriam endossado aquela medalha do tamanho de um prato de sopa, de que Evans falara, mas um júri adotou ponto de vista menos favorável e o Matador voltou às sombras de onde mal saíra.

As Três Empenas

Acredito que nenhuma outra de minhas aventuras com Sherlock Holmes teve início mais abrupto, ou dramático, que o de "As Três Empenas". Fazia alguns dias que eu não via Holmes, e não tinha ideia de quais eram suas atividades no momento. Ele estava com boa disposição para conversar, naquela manhã, e eu mal me acomodara na velha poltrona ao lado da lareira quando nosso visitante chegou. Mas se eu dissesse que um touro bravo chegara, a descrição seria mais exata.

A porta foi escancarada e um negro enorme irrompeu na sala. Não fosse um homem impressionante, seria uma figura cômica, pois vestia um terno cinza quadriculado com gravata salmão. Projetou o rosto largo, com o nariz achatado, enquanto os olhos sombrios, chispando malícia, pulavam de Holmes para mim e voltavam.

– Qual dos cavalheiros é o Sr. Holmes? – perguntou.

Holmes ergueu o cachimbo com um sorriso preguiçoso.

– Ah! É você, não é? – disse o visitante, contornando perigosamente a mesa. – Olhe aqui, Sr. Holmes, não se meta nos assuntos dos outros. Deixe que as pessoas cuidem de seus próprios problemas. Entendeu?

– Continue – disse Holmes. – Está divertido.

– Ah! Está divertido, não é? – rugiu o selvagem. – Não vai ser tão divertido se eu tiver de sacudir você um pouco. Já lidei com gente da sua laia antes, e eles não se divertiram muito. Preste atenção, Sr. Holmes!

Ele balançou um punho enorme e cheio de nós em frente ao nariz do meu amigo. Holmes examinou-o com ar de grande interesse.

– Você nasceu assim? – perguntou. – Ou foi ficando aos poucos?

Pode ter sido a frieza de Holmes, ou o fato de eu ter empunhado o atiçador da lareira, mas, de qualquer modo, a atitude do visitante tornou-se menos extravagante.

– Bem, esteja avisado – disse. – Tenho um amigo com negócios em Harrow... sabe do que estou falando..., e ele não quer vê-lo se metendo por lá. Entendeu? Você não é a lei e eu também não. E se aparecer por lá vai me encontrar. Não se esqueça.

– Faz algum tempo que eu queria conhecê-lo – disse Holmes. – Não vou lhe convidar a sentar porque não gosto do seu cheiro, mas você não é Steve Dixie, o valentão?

– É o meu nome, Sr. Holmes, e vai se arrepender se for começar a me ofender.

– Com certeza, não é disso que você precisa – disse Holmes, encarando a boca horrível de nosso visitante. – Mas e quanto ao assassinato do jovem Perkins em frente ao Bar Holborn... O quê? Já vai indo?

O homem dera um pulo para trás, e seu rosto caíra.

– Não vou ouvir essas besteiras – disse. – O que tenho a ver com esse Perkins, Sr. Holmes? Eu estava treinando no Bull Ring, em Birmingham, quando esse garoto se estrepou.

– Sei, pode dizer isso ao juiz, Steve – disse Holmes. – Estive de olho em você e Barney Stockdale...

– Deus me ajude! Sr. Holmes...

– Agora chega! Saia dessa. Vou pegá-lo quando quiser.

– Então vou indo, Sr. Holmes. Espero que não fique chateado por causa desta visita.

– Vou ficar, a menos que me diga quem lhe mandou aqui.

– Ora, isso não é segredo. Foi o mesmo cavalheiro que o senhor acabou de mencionar.

– E quem o colocou nessa?

– Meu Deus! Não sei, Sr. Holmes. Ele só disse: Steve, vá ver esse Sherlock Holmes, e diga-lhe que a vida dele correrá perigo se aparecer em Harrow. Isso é tudo.

Sem esperar por mais perguntas, o visitante saiu da sala de forma quase tão precipitada como entrou. Holmes bateu as cinzas do cachimbo com um riso contido.

– Fico feliz que você não tenha sido forçado a quebrar-lhe a cabeça dura, Watson. Observei suas manobras com o atiçador. Mas, na verdade, ele é um sujeito inofensivo, um bebê grande, musculoso e abobalhado, fácil de intimidar, como você viu. Ele é da quadrilha de Spencer John e participou de alguns serviços sujos, que vou limpar assim que tiver tempo. Seu chefe imediato é Barney, homem mais astuto. São especialistas em agressão, extorsão e coisas assim. O que eu quero saber é quem está por trás deles neste caso.

– Mas por que querem intimidar você?

– É o caso de Harrow Weald. E isso me faz decidir aceitar o caso, pois se alguém se dá a tanto trabalho para me intimidar, é porque aí tem coisa.

– E o que é?

– Eu estava para lhe contar quando fomos interrompidos por aquele número cômico. Aqui está o bilhete da Sra. Maberley. Se quiser vir comigo, vamos passar-lhe um telegrama e nos pôr a caminho imediatamente. A breve nota dizia o seguinte:

Caro Sr. Sherlock Holmes,

Uma série de incidentes estranhos aconteceram comigo relacionados a esta casa, e apreciaria muito sua opinião. O senhor poderá me encontrar aqui durante todo o dia de amanhã. A casa fica a uma curta caminhada da Estação de Weald. Creio que meu falecido marido Mortimer Maberley foi um de seus primeiros clientes.

Sinceramente sua,

Mary Maberley

O endereço era "As Três Empenas, Harrow Weald".

– É isso! – disse Holmes. – E agora, se puder me acompanhar, vamos indo!

Uma breve viagem de trem, e uma caminhada ainda mais breve, levaram-no para a casa, uma mansão de tijolos e madeira, situada em meio a um campo não cultivado. Três pequenas projeções acima das janelas superiores formavam a frágil tentativa de justificar o nome da casa, atrás da qual havia um bosque melancólico, com pinheiros subdesenvolvidos. O aspecto geral da propriedade era de pobreza e decadência. Apesar disso, a casa era bem mobiliada, e a mulher que nos recebeu era uma senhora de idade muito cativante, que mostrava todos os sinais de refinamento e cultura.

– Lembro-me bem de seu marido, senhora – disse Holmes –, embora já tenham se passado alguns anos desde que eu pude servi-lo em um caso trivial.

– Talvez o senhor tenha conhecido melhor meu filho Douglas.

Holmes olhou-a surpreso e interessado.

– Ora essa! A senhora é mãe de Douglas Maberley? Encontrei-o brevemente, mas é conhecido em toda Londres. Que criatura magnífica! Onde ele está agora?

– Ele morreu, Sr. Holmes, morreu! Era Adido em Roma, onde morreu de pneumonia.

– Sinto muito. É difícil pensar em morte quando se lembra de tal homem. Nunca soube de alguém com mais energia. Ele viveu intensamente, cada fibra dele!

– Intensamente demais, Sr. Holmes. Essa foi sua ruína. O senhor se lembra dele como era: alegre e ativo. Mas não conheceu a criatura lerda, pesarosa e depressiva em que se transformou. Teve o coração partido e em um mês vi meu fantástico garoto transformar-se num homem despedaçado e cínico.

– Por amor? Uma mulher?

– Um demônio. Bem, não foi para falar de meu pobre rapaz que lhe pedi para vir, Sr. Holmes.

– Eu e o Dr. Watson estamos às suas ordens.

– Fatos muito estranhos têm acontecido. Faz mais de um ano que estou nesta casa e, como desejava levar uma vida reclusa, pouco vi meus vizinhos. Há três dias recebi um homem que disse ser corretor de imóveis. Informou-me que esta casa era exatamente o que um cliente dele queria, e que se eu estivesse disposta a vendê-la, dinheiro não seria problema. Aquilo me soou estranho, pois existem diversas casas vazias no mercado, aparentemente semelhantes a esta. De qualquer forma, interessei-me pelo assunto. Coloquei um preço que era quinhentas libras maior do que eu havia pago. Ele fechou o negócio imediatamente, mas disse, também, que o cliente queria os móveis e que eu pusesse um preço neles. Parte desta mobília é da minha antiga casa e, como pode ver, de ótima qualidade. Assim, estimei um preço elevado, com o qual ele concordou mais uma vez. Sempre quis viajar, e o negócio me pareceu tão bom que imaginei estar me arrumando para o resto da vida.

"Ontem o corretor chegou com o contrato. Felizmente, mostrei-o para meu advogado, Sr. Sutro, que mora em Harrow. Ele me disse: 'Este documento é muito estranho. A senhora está ciente de que se o assinar não poderá tirar *nada* da casa, nem mesmo suas coisas pessoais?'. Quando o corretor retornou, no final da tarde, comentei esse ponto com ele, dizendo-lhe que pretendia vender apenas os móveis.

'Não, não', disse ele, 'tudo'.

'Minhas roupas? E as joias? '

'Bem, bem, podemos fazer uma concessão para suas coisas pessoais. Mas nada pode sair da casa sem ser examinado. Meu cliente é muito generoso, mas tem suas manias e seu próprio modo de fazer as coisas. Com ele é tudo ou nada.'

'Então é nada', eu disse.

E o caso ficou assim, e tudo me pareceu tão estranho que eu pensei..."

Nesse momento, tivemos uma interrupção extraordinária.

Holmes ergueu a mão pedindo silêncio. Então atravessou a sala, abriu a porta e arrastou para dentro uma mulher muito magra, que agarrara pelo ombro. Ela entrou se debatendo, como uma galinha enorme que é tirada cacarejante do seu ninho.

– Deixe-me em paz! O que acha que está fazendo? – guinchou.

– Ora, Susan, o que significa isso? – perguntou a Sra. Maberley.

– Bem, madame, eu vinha perguntar se os convidados iam ficar para o almoço quando este homem pulou em cima de mim.

– Faz cinco minutos que a estou ouvindo – explicou Holmes –, mas não quis interromper sua história, que é muito interessante. Tem asma, não é, Susan? Sua respiração é muito barulhenta para esse serviço.

Mal-humorada, mas espantada, Susan encarou seu captor.

– Quem é você, afinal, e que direito tem de me arrastar por aí desse jeito?

– Só quero fazer uma pergunta na sua frente. Sra. Maberley, mencionou a alguém que iria me escrever pedindo orientação?

– Não, Sr. Holmes, não mencionei.

– Quem levou a carta ao correio?

– Susan.

– Exatamente. Agora, Susan, para quem você escreveu ou contou que sua patroa estava pedindo minha ajuda?

– Isso é mentira. Não contei a ninguém.

– Ora, Susan, asmáticos podem não ter vida muito longa. E é muito feio falar mentira. Para quem contou?

– Susan! – exclamou a patroa. – Você é má e ardilosa. Lembro-me de vê-la falando com alguém, junto à cerca.

– Isso é assunto meu – ela disse, ressentida.

– E se eu lhe disser que você falou com Barney Stockdale? – provocou Holmes.

– Se já sabe, por que pergunta?

– Eu não tinha certeza, mas agora tenho. Bem, Susan, você vai ganhar dez libras se me disser quem está por trás de Barney.

– Alguém que pode colocar mil libras em cima de cada dez que você oferecer.

– Um ricaço? Não… pelo seu sorriso é *uma ricaça*. Já chegamos até aqui, você pode dizer o nome dela e ganhar as dez libras.

– Vá para o inferno.

– Susan! Olhe o linguajar! – repreendeu a patroa.

– Estou saindo desta casa. Já me enchi de vocês. Amanhã mando buscar minhas coisas – disse e virou-se para a porta.

– Adeus, Susan. É melhor tomar um calmante. Agora – ele continuou, passando de irônico a sério quando a porta se fechou atrás da mulher enrubescida e raivosa –, essa quadrilha está jogando pesado. Sua carta para mim foi postada às dez da noite. Ainda assim, Susan teve tempo de falar com Barney. Ele foi ao mandante pedir instruções. O chefe, ou *a* chefe, faz um plano. Estou inclinado a pensar que é mulher, porque Susan riu ao achar que eu me enganava. O negro Steve é chamado e vai me ameaçar às onze horas da manhã seguinte. Foi tudo muito rápido.

– E o que eles querem?

– Essa é a questão. Quem morou na casa antes da senhora?

– Um capitão de navio aposentado. Chamava-se Ferguson.

– Alguma coisa interessante sobre ele?

– Nada que eu saiba.

– Estava pensando se ele poderia ter enterrado algo – disse Holmes. – É claro que, nos dias de hoje, quando alguém deseja guardar um tesouro, usa os cofres dos bancos. Mas existem uns lunáticos à solta. E o mundo seria um bocado aborrecido sem eles. A princípio pensei em algo de valor escondido. Mas, nesse caso, por que iriam querer seus móveis? Por acaso a senhora não tem alguma pintura de Rafael, ou um original de Shakespeare sem saber?

– Não, acho que não tenho nada mais raro do que um jogo de chá Crown Derby.

– O que não justificaria todo esse mistério. Além disso, por que não diriam abertamente o que querem? Se cobiçassem o jogo de chá, poderiam lhe oferecer um preço por ele, sem ter de comprar tudo o que a senhora possui. Não, não. Pelo que vejo, existe algo que a senhora não sabe que tem, e se soubesse não se desfaria.

– Também penso assim – eu disse.

– O Dr. Watson concorda, então só pode ser isso.

– Então, Sr. Holmes, o que pode ser?

– Vamos ver se através de pura análise mental conseguimos chegar a um ponto mais definido. Está na casa há um ano.

– Quase dois.

– Tanto melhor. Durante esse longo período ninguém quis nada seu. Então, de repente, em três ou quatro dias recebe exortações urgentes. O que se deduz disso?

– Só pode significar – eu disse – que o objeto, o que quer que seja, chegou à casa há pouco.

– Mais uma vez, só pode ser isso – disse Holmes. – Agora, Sra. Maberley, algum objeto chegou há pouco à sua casa?

– Não. Não comprei nada de novo este ano.

– Ora essa! Isso é surpreendente. Creio ser melhor deixar o caso se desenrolar até que tenhamos informações mais claras. Esse seu advogado está em boas condições físicas?

– O Sr. Sutro é um homem forte.

– A senhora tem outra empregada, ou a boa Susan, que acabou de sair batendo a porta, era sua única criada?

– Tenho uma garota.

– Tente fazer Sutro passar algumas noites nesta casa. A senhora pode precisar de proteção.

– Contra quem?

– Quem sabe? O caso é obscuro. Se eu não conseguir descobrir o que estão procurando, vou precisar abordar a questão por outro lado e tentar chegar ao cabeça. O tal corretor imobiliário lhe deu algum endereço?

– Apenas o cartão de visita com a ocupação. Haines-Johnson, leiloeiro e avaliador.

– Creio que não vamos encontrá-lo na lista. Homens de negócios honestos não escondem o endereço. Bem, mantenha-me informado sobre qualquer novidade. Estou assumindo seu caso e pode ficar sossegada que vou resolvê-lo.

Ao passarmos pelo vestíbulo, Holmes, que não perdia nenhum detalhe, teve sua atenção voltada para diversas malas e baús empilhados num canto. Algumas etiquetas se destacavam.

– "Milão", "Lucerna". Estes vieram da Itália.

– São as coisas do pobre Douglas – explicou a Sra. Maberley.

– A senhora não abriu as malas? Há quanto tempo chegaram?

– Uma semana.

– Mas a senhora disse… ora, isso pode ser o elo que faltava. Como podemos saber que não há nada de valor aqui?

– Não pode haver, Sr. Holmes. O pobre Douglas tinha apenas seu salário e uma pequena mesada. O que ele poderia ter de valor?

Holmes refletiu por um instante.

– Não perca mais tempo, Sra. Maberley – ele disse, afinal. – Leve estas coisas para o seu quarto. Examine-as assim que possível e veja o que contêm. Voltarei amanhã para saber das novidades.

Era evidente que As Três Empenas estava sob vigilância, pois ao passarmos a cerca, no final do caminho, éramos esperados pelo negro lutador de boxe. Inadvertidamente topamos com ele, que nos pareceu ameaçador e sombrio naquele lugar isolado. Holmes levou a mão ao bolso.

– Procurando sua arma, Sr. Holmes?

– Não, meu vidro de perfume, Steve.

– O senhor é engraçado, não é?

– Não vai ter graça para você, Steve, se eu começar a investigá-lo. Já lhe avisei pela manhã.

– Olhe, Sr. Holmes, pensei no que me disse e não quero mais saber desse caso do Perkins. Vou ajudá-lo, se puder, Sr. Holmes.

– Diga-me, então, quem está se escondendo atrás de você?

– Deus me ajude! Sr. Holmes, eu disse a verdade antes. Não sei. Barney é meu chefe, me dá as ordens e é só.

– Tenha em mente apenas, Steve, que aquela senhora, e tudo o que está na casa, estão sob minha proteção. Não se esqueça.

– Tudo bem, Sr. Holmes. Vou me lembrar.

– Eu o deixei muito amedrontado, Watson – Holmes disse quando nos afastamos. – Acho que ele entregaria o chefão caso soubesse quem é. Por sorte conhecemos a quadrilha do Spencer John e sabemos que Steve está nela. Agora, Watson, este é um caso para Langdale Pike, e vou vê-lo em seguida. Quando eu voltar, acho que o assunto estará mais claro.

Não vi mais Holmes durante o dia, mas pude imaginar como ele o passou, pois Langdale Pike era seu livro de referências humano em todas as questões de escândalo social. Essa criatura estranha e preguiçosa passava seus dias na janela do clube St. James's Street e era o receptor, bem como transmissor, de toda a fofoca da metrópole. Ele conseguia, pelo que se dizia, uma renda considerável escrevendo a coluna com a qual contribuía para os jornais sensacionalistas que serviam o público ávido. Qualquer fato que ocorresse nas profundezas turvas da vida londrina, onde houvesse algum movimento ou agitação, era reportado por Langdale Pike. Holmes discretamente o ajudava, e de vez em quando era ajudado pelo colunista.

Quando encontrei meu amigo, cedo na manhã seguinte, percebi, por sua expressão, que estava tudo bem. Contudo, uma surpresa desagradável nos esperava. Ela veio na forma do seguinte telegrama:

"*Por favor venha imediatamente. Casa da cliente invadida de noite. Polícia está presente. SUTRO*".

Holmes assobiou.

– O drama chegou a uma crise, e mais rápido do que eu esperava. Há muita determinação por trás disso tudo, Watson, o que não me surpreende depois do que eu soube. Esse Sutro, claro, é o advogado. Receio ter cometido um erro ao não pedir que você passasse a noite de guarda. Esse advogado provou não ser muito útil. Bem, não há o que fazer senão irmos novamente a Harrow Weald.

Encontramos As Três Empenas muito diferente do lar sossegado do dia anterior. Um grupo de desocupados espiava junto ao portão do jardim, enquanto um grupo de policiais examinava as janelas e os canteiros de gerânios. Dentro da casa encontramos um cavalheiro idoso, que se apresentou como o advogado. Junto a ele estava um inspetor de faces vermelhas, que cumprimentou Holmes como um velho amigo.

– Sr. Holmes, receio que não tem o que fazer neste caso. Apenas um caso de invasão, e bem dentro da capacidade de nós pobres policiais. Não há necessidade de peritos.

– Tenho certeza de que o caso está em boas mãos – disse Holmes. – O senhor disse que é uma invasão comum?

– Isso mesmo. Sabemos muito bem quem são os ladrões e onde encontrá-los. É a quadrilha de Barney Stockdale, reforçada pelo negro lutador. Foram vistos na região.

– Excelente! E o que levaram?

– Bem, parece que não levaram muita coisa. Apagaram a Sra. Maberley com clorofórmio e… Ah! Aí está ela.

Nossa amiga do dia anterior, pálida e parecendo doente, entrou na sala, apoiando-se numa criada.

– O senhor me deu um bom conselho, Sr. Holmes – ela disse, com um sorriso de arrependimento. – Infelizmente, não o ouvi. Não quis incomodar o Sr. Sutro e fiquei desprotegida.

– Só fiquei sabendo esta manhã – explicou o advogado.

– O Sr. Holmes me aconselhou a manter algum amigo dentro de casa. Não segui o conselho e paguei o preço.

– A senhora parece muito doente – disse Holmes. – Acho que não está em condições de me contar o que aconteceu.

– Está tudo aqui – disse o inspetor, batendo num grosso caderno de notas.

– Ainda assim, se a senhora não estiver se sentindo muito mal…

– Não há muito o que contar – a Sra. Maberley começou. – Sem dúvida, aquela víbora da Susan planejou a entrada da quadrilha. Eles deviam conhecer cada centímetro da casa. Eu percebi que estavam apertando o trapo com clorofórmio sobre a minha boca, mas não sei dizer quanto tempo fiquei inconsciente. Quando acordei, havia um homem ao lado da cama e outro se erguia com um pacote que retirara de entre a bagagem do meu filho, que estava parcialmente aberta e esparramada pelo chão. Antes que ele pudesse sair, pulei e o agarrei.

– Arriscou-se muito – disse o inspetor.

– Eu grudei nele, mas o homem se soltou, e o outro deve ter me acertado, pois não me lembro de mais nada. Mary, a criada, ouviu o barulho e começou a gritar pela janela, o que trouxe a polícia, mas os bandidos já tinham fugido.

– O que eles levaram?

– Acho que nada de valor está faltando. E tenho certeza de que não havia nada nas malas do meu filho.

– Eles deixaram alguma pista?

– Há uma folha de papel, que devo ter rasgado, do homem que agarrei. Estava caída no chão, toda amassada. É a letra do meu filho.

– O que indica que não tem nenhuma utilidade – disse o inspetor. – Agora, se estivesse com o assaltante...

– Exatamente – disse Holmes. – Que bom senso espantoso! Apesar disso, gostaria de ver o papel.

O inspetor pegou uma folha dobrada de dentro de seu caderno.

– Nunca deixo passar nada, mesmo que trivial – ele disse, pomposo. – É o conselho que lhe dou, Sr. Holmes. Em vinte e cinco anos de experiência, aprendi minha missão. Há sempre a chance de se encontrar marcas de dedos ou algo assim.

Holmes examinou a folha de papel.

– O que acha disto, inspetor?

– Parece o final de algum romance esquisito, pelo que pude ver.

– Certamente pode se revelar como o final de alguma história esquisita – disse Holmes. – O senhor notou o número no topo da página? Duzentos e quarenta e cinco. Onde estão as outras duzentas e quarenta e quatro páginas?

– Suponho que os ladrões as tenham levado. Que façam bom proveito!

– É estranho invadir uma casa para roubar papéis desse tipo. Isso lhe sugere algo, inspetor?

– Sim, senhor. Sugere que os bandidos estavam com pressa e pegaram a primeira coisa que viram. Que sejam felizes com o que conseguiram.

– Por que eles foram mexer nas coisas do meu filho? – perguntou a Sra. Maberley.

– Parece que como não encontraram nada no térreo, resolveram tentar a sorte no andar de cima. É o que imagino. O que acha, Sr. Holmes?

– Preciso refletir a respeito, inspetor. Venha até a janela, Watson.

Então, quando paramos um ao lado do outro, ele leu o fragmento de papel. Começava no meio de uma frase e dizia o seguinte:

...rosto sangrou consideravelmente nos cortes e golpes, mas aquilo era nada comparado à hemorragia de seu coração quando viu aquele rosto lindo, o rosto pelo qual estava preparado a sacrificar sua própria vida, contemplando sua agonia e humilhação. Ela sorriu – sim, por Deus! Ela sorriu, como o demônio sem coração que era, enquanto ele a fitava. Foi nesse momento que o amor morreu e o ódio nasceu. Um homem tem de ter um objetivo na vida. E se não é abraçar-lhe, minha senhora, que seja para destruir-lhe, conseguindo minha vingança completa.

– Que jeito esquisito de escrever! – disse Holmes, sorrindo, ao devolver o papel ao inspetor. – Reparou como de repente o "ele" virou "minha"? O escritor se envolveu tanto com a história que, no momento supremo, imaginou-se o próprio herói.

– Pareceu-me algo bem pobre – disse o inspetor, ao guardar o recorte em sua caderneta. – Quê? Já vai, Sr. Holmes?

– Acho que não tenho muito mais o que fazer, agora que o caso está em mãos tão capazes. A propósito, Sra. Maberley, disse que gostaria de viajar?

– Esse sempre foi meu sonho, Sr. Holmes.

– Para onde iria...? Cairo, Ilha da Madeira, Riviera?

– Ah, se tivesse dinheiro, eu daria a volta ao mundo.

– Muito bem. Volta ao mundo. Tenha um bom dia, então. Talvez eu lhe escreva ao anoitecer.

Ao passarmos pela janela notei, refletido no vidro, o inspetor sorrindo e balançando a cabeça. "Esses sujeitos inteligentes têm sempre um quê de loucos" era o que dizia seu sorriso.

– Agora, Watson, estamos na última curva de nossa pequena viagem – disse Holmes, ao voltarmos para Londres. – Acho que é melhor esclarecer este assunto de uma vez, e seria bom você vir comigo, pois é mais seguro ter uma testemunha quando se lida com uma mulher como Isadora Klein.

Pegamos uma carruagem que nos levava para certo endereço em Grosvenor Square. Holmes estivera perdido em pensamentos, mas voltou repentinamente.

– A propósito, Watson, suponho que já entendeu tudo?

– Não diria isso. Só entendi que estamos indo ver a mulher por trás de toda essa armação.

– Exatamente! Mas o nome Isadora Klein não lhe diz nada? Ela era *a* beleza. Nunca houve mulher que se igualasse a ela. Espanhola pura, o verdadeiro sangue dos Conquistadores. Sua família domina Pernambuco há gerações. Ela se casou com Klein, o alemão rei do açúcar, e atualmente é a viúva mais rica e mais bonita da Terra. Durante certo tempo de aventuras, ela aproveitou para se divertir. Teve diversos amantes, entre eles Douglas Maberley, um dos homens mais interessantes de Londres. Em todos os sentidos, com ele foi mais que uma aventura. Douglas não era figura da sociedade, mas sim um homem forte e devotado, que se entregava e esperava entrega. Mas ela é uma *mulher fatal*. Quando seu capricho está satisfeito, o caso acaba. Se a outra parte demorar a entender, ela sabe como dar o recado.

– Então aquela história era a dele próprio...

– Ah! Então você está juntando os pedaços agora. Ouvi dizer que a Sra. Klein está para se casar com o jovem duque de Lomond, que tem idade para ser filho dela. A mãe de Sua Alteza poderia ignorar a diferença de idade, mas um escândalo seria algo muito diferente. Assim, é imperativo que… Ah, chegamos.

Era uma das melhores casas do West End[5]. Um criado que mais parecia uma máquina pegou nossos cartões dizendo que a patroa não estava em casa.

– Então vamos esperar até que ela volte – disse Holmes alegremente.

A máquina desmontou.

– Quis dizer que ela não está em casa *para o senhor* – disse o criado.

– Ótimo – Holmes respondeu. – Quer dizer que não precisamos esperar. Faça a gentileza de entregar este bilhete à sua patroa.

Holmes escreveu três ou quatro palavras numa folha de sua caderneta, dobrou-a e entregou-a ao homem.

– O que escreveu, Holmes? – perguntei.

– Simplesmente “Então devo chamar a polícia?”. Acho que isso vai fazê-la nos receber.

E fez, com impressionante rapidez. Um minuto depois estávamos na sala de estar em estilo árabe, ampla e maravilhosa, imersa na penumbra que era quebrada por uma luz elétrica rosada. Imagino que a mulher tinha chegado àquela fase da vida em que mesmo a beleza mais orgulhosa agradece a meia-luz. Ao entrarmos, ela se levantou do sofá: alta, majestosa, uma figura perfeita, um rosto admirável, com dois incríveis olhos espanhóis que nos desejavam mortos.

– O que significa esta invasão, e esta mensagem insultante? – ela perguntou, mostrando o pedaço de papel.

– Não preciso explicar, madame. Tenho muito respeito por sua inteligência para fazê-lo. Embora eu tenha de confessar que inteligência lhe tem faltado, ultimamente.

– Como assim, meu senhor?

– A senhora imaginou que seus valentões de aluguel pudessem me meter medo, afastando-me do trabalho. Mas é óbvio que nenhum homem escolheria esta profissão se o perigo não o atraísse. Foi a senhora, portanto, que me forçou a examinar o caso do jovem Maberley.

– Não tenho ideia do que o senhor está falando. O que tenho a ver com valentões de aluguel?

Holmes virou-se, aborrecido.

[5] Tradicional e elegante bairro residencial de Londres.

– É. Parece que superestimei sua inteligência. Boa tarde.

– Espere! Aonde vai?

– À Scotland Yard.

Ainda não tínhamos chegado à porta quando ela nos alcançou e deteve Holmes pelo braço. Num instante ela tinha se transformado de aço em veludo.

– Por favor, sentem-se, cavalheiros. Vamos discutir o assunto. Acredito que posso ser franca com o senhor. Parece um cavalheiro, afinal. O instinto feminino percebe isso rapidamente. Vou tratá-lo como a um amigo.

– Não prometo retribuir o tratamento, madame. Não sou a lei, mas procuro fazer justiça no pouco que posso. Estou pronto para escutá-la, mas só depois vou decidir o que farei.

– Sem dúvida foi tolice minha ameaçar um homem tão corajoso como o senhor.

– A verdadeira tolice, madame, foi ter se colocado à mercê de um bando de canalhas que podem chantageá-la e até entregá-la.

– Não, não! Não sou tão ingênua. Já que prometi ser franca, posso dizer que, a não ser por Barney Stockdale e Susan, nenhum deles sabe que eu sou a chefe. Quanto aos dois, bem, não é a primeira vez… – ela sorriu, mostrando autoconfiança.

– Sei. Já os testou antes.

– São bons cães de caça; correm sem latir.

– Esses cães, cedo ou tarde, acabam mordendo a mão que os alimenta. Eles vão ser presos por invasão. A polícia já está atrás deles.

– Eles vão aguentar o que lhes cabe. É para isso que são pagos. Ninguém vai me relacionar ao caso.

– A menos que eu a relacione.

– Não, não. O senhor não o faria. É um cavalheiro, e trata-se de um segredo de mulher.

– Em primeiro lugar, deve devolver o manuscrito.

Ela desandou a rir e foi até a lareira. Lá havia uma massa calcinada que ela desfez com o atiçador.

– Devo devolver isto? – perguntou.

Ela se pôs diante de nós tão encantadora, tão única, com um sorriso desafiador que me fez pensar que dentre todos os criminosos que Holmes enfrentara, ela era a mais difícil. Contudo, ele era imune a esses sentimentos.

– Isso sela seu destino – Holmes disse friamente. – A senhora é muito decidida em suas ações, madame, mas ultrapassou os limites desta vez.

Ela jogou o atiçador com estrépito.

– Como o senhor é inflexível – exclamou. – Posso lhe contar toda a história.

– Creio que eu mesmo poderia contá-la.

– Mas precisa vê-la com meus olhos, Sr. Holmes. Precisa compreendê-la do ponto de vista de uma mulher que vê a ambição de toda uma vida ser arruinada no último momento. Deve-se culpar tal mulher por tentar se proteger?

– O pecado original foi seu.

– Sim, sim! Admito. Douglas era um garoto muito querido. Mas não se encaixava nos meus planos. Ele queria casar… casar! Sr. Holmes, um plebeu pobretão. Nada mais o satisfaria além do casamento. Tornou-se insistente. Porque eu tinha sido dele, era obrigada a continuar sendo, e apenas dele. Era intolerável. Finalmente, tive de fazê-lo entender.

– Contratando bandidos para lhe surrarem embaixo da sua própria janela.

– Parece que o senhor realmente sabe de tudo. Ora, foi o que aconteceu. Barney e os garotos tentaram espantá-lo, mas parece que exageraram um pouco. E o que Douglas fez então? Eu poderia imaginar que um cavalheiro faria tal coisa? Escrever um livro que contava sua própria história? Eu, é claro, era o lobo, e ele, o carneiro. Estava tudo ali, com nomes diferentes, mas toda Londres reconheceria os personagens. O que me diz disso, Sr. Holmes?

– Bem, ele tinha o direito de fazê-lo.

– Era como se o ar da Itália tivesse penetrado em seu sangue, injetando-lhe o cruel espírito italiano. Ele me escreveu e me enviou uma cópia do livro, para que eu sofresse com a antecipação do que ocorreria. Havia duas cópias, ele disse, uma para mim e outra para o editor.

– Como sabia que a outra cópia ainda não chegara ao editor?

– Eu conhecia o editor. Este não era o primeiro livro de Douglas, como o senhor sabe. Eu descobri que o editor não tivera notícias da Itália. Então veio a morte repentina de Douglas. Enquanto esse manuscrito estivesse à solta no mundo, não haveria segurança para mim. O livro tinha de estar entre suas coisas, que foram entregues para a mãe. Coloquei, então, a quadrilha em ação. A mulher entrou na casa como criada. Eu queria fazer a coisa honestamente. Realmente tentei. Estava disposta a comprar a casa com tudo dentro. Ofereci o preço que ela pediu. Só recorri à invasão quando tudo o mais falhou. Agora, Sr. Holmes, admitindo que fui dura demais com Douglas – e Deus sabe como eu o sinto – o que mais poderia eu fazer com meu futuro em risco?

Sherlock Holmes deu de ombros.

– Bem, bem – disse. – Acho que vou ter de fazer justiça, como de costume. Quanto custa dar a volta ao mundo na primeira classe?

Espantada, a mulher arregalou os olhos.

– Cinco mil libras seriam suficientes? – insistiu Holmes.

– Bem, acho que sim, na verdade – ela respondeu.

– Ótimo. Então faça um cheque nesse valor e entregue-o à Sra. Maberley. A senhora lhe deve uma mudança de ares. Enquanto isso, moça – ele balançou o dedo, advertindo-a –, tenha cuidado! Muito cuidado! Não conseguirá brincar para sempre com ferramentas afiadas sem machucar essas lindas mãozinhas.